La Cage aux fous

DU MÊME AUTEUR

ESSAIS

Partis sans laisser d'adresse, Le Seuil, 2001
Le Curé de Nazareth, Albin Michel, 1998
Lourdes, sa vie, ses œuvres, Hachette, 1997
Une mort africaine, Le Seuil, 1995
Sans domicile fixe, Hachette, 1993, Pluriel, 1997
La Vie quotidienne en Colombie
au temps du cartel de Medellín, Hachette, 1992

ROMANS

L'Assassin de Bonaparte, Le Masque, 2001
La Nièce de Rameau, Librairie des Champs-Élysées, 1999
Le Cauchemar de D'Alembert,
Librairie des Champs-Élysées, 1999
L'Œil de Diderot, Librairie des Champs-Élysées, 1998
La Colombe blanche, Le Masque, 1998

Hubert Prolongeau

La Cage aux fous

Librio

Texte intégral

*À Vincent
pour tous les asiles
fréquentés ensemble*

Avant-propos

Au départ, ce devait être une enquête classique, un article suscité par le rapport 2001 de la Cour des comptes. Ce dernier, dans un long chapitre consacré à la psychiatrie, relevait sans l'expliquer un chiffre qui, au *Nouvel Observateur*, nous avait plus particulièrement interpellés : 45 % d'augmentation des hospitalisations sous contrainte[1] entre 1988 et 1995. Pourquoi cette inflation ? Je suis allé le demander à des psychiatres, à des malades, à des internés. Au fil des entretiens s'est dessinée une image de l'hôpital psychiatrique étrange, dure, parfois difficile à croire, souvent confuse et contradictoire. J'ai eu alors envie d'aller y voir de plus près, de raconter de l'intérieur le quotidien d'un internement.

Tous les psychiatres que j'ai rencontrés ont trouvé l'idée excellente... jusqu'au moment où je leur ai proposé de passer quelques jours dans leur service. Là, d'un coup, cela ne devenait plus possible, vous comprenez, l'administration, le secret médical, le droit des malades... Il m'a même été interdit par son médecin traitant et le directeur de l'hôpital Charles-Perrens de Bordeaux de rencontrer un malade, alors que ce dernier était d'accord pour me recevoir. Quelques tentatives plus loin, il

---

1. Voir note page 54.

ne restait plus qu'un moyen de se rendre compte : me faire interner.

J'ai choisi un hôpital de type traditionnel, situé en région parisienne, ce qu'on appelait un asile avant que le politiquement correct ne le transforme en plus discret « centre hospitalier spécialisé ». Avec l'aide d'un ami psychiatre, j'ai mis au point un scénario clinique vraisemblable, que j'ai ensuite testé chez un praticien privé, ce qui m'a permis d'obtenir un certificat officiel confirmant mon état. Puis, un samedi, à deux heures du matin (heure à laquelle le psychiatre de garde est tiré de son premier sommeil, donc a priori moins vigilant), je me suis présenté à la porte des urgences de l'hôpital.

Mon histoire était la suivante : écrivain sans succès, profondément déprimé, j'étais depuis quelque temps hanté par des envies suicidaires, envies que j'avais même tenté de concrétiser en m'emparant du volant de la voiture d'un ami et en essayant d'envoyer le véhicule contre un arbre. C'est cet ami, chez lequel j'habitais depuis quelques jours, alors que ma femme m'avait mis à la porte de chez moi, qui, légitimement irrité par mon geste, venait de me déposer à la porte de l'hôpital.

Je ne m'étendrai pas sur les deux premiers entretiens que j'ai eus. J'ai été reçu par un infirmier, puis par un psychiatre, attentifs à défaut d'être chaleureux. Après une nuit aux urgences, j'ai rencontré un second médecin qui a jugé préférable de ne pas me laisser sortir dans cet état. J'ai donc traversé la rue séparant le service des urgences de l'établissement proprement dit et me suis retrouvé dans une chambre d'hôpital psychiatrique. J'y ai passé quatre jours.

Je n'ai pas vu la violence, les douches, les camisoles de toile (chimiques, en revanche...), toute la triste mythologie des « nids de coucous », et c'est déjà énorme. Mais j'ai fréquenté une société malheureuse, close, disciplinaire, où les « fous » sont laissés à eux-mêmes, où l'enfermement, rarement consenti, est toujours péniblement vécu, où beaucoup de décisions dépendent plus de la capacité de nuisance du malade que d'un véritable fondement thérapeutique.

Cette vision impressionniste d'un enfermement de quatre jours offre l'intérêt de venir de l'intérieur et d'être dépourvue de tout filtre. Elle est forcément partielle : aucun des médecins (d'autant que pour d'évidentes raisons juridiques nous avons gardé secret le nom de l'établissement, lequel s'est du coup abstenu de se manifester) n'a pu se défendre, expliquer le pourquoi de choix qui m'ont parfois choqué. Après la parution d'une version plus courte de cette expérience dans le numéro 1902 du *Nouvel Observateur* (mai 2001), j'ai reçu un abondant courrier. Les psychiatres me faisaient généralement beaucoup de reproches. Certains relevaient de réflexes corporatistes. D'autres, en revanche, étaient fondés, en particulier celui de n'avoir pas la distance scientifique nécessaire pour percevoir tous les arrière-plans cliniques des cas évoqués. Mais les malades, dans leur immense majorité, ont retrouvé leur vécu dans les frustrations et l'incompréhension que je décris. Éclairée par ces témoignages, et à condition de ne pas la prendre pour ce qu'elle n'est pas – à savoir l'analyse globale de la psychiatrie d'aujourd'hui, qui offre de multiples visages –, cette expérience m'a paru suffisamment riche d'enseignements pour lui consacrer les quelques pages de ce livre.

LA CAGE AUX FOUS

Premier jour

La chambre est nue mais claire. Une fenêtre fermée donne sur le jardin et, au-delà de la grille, sur la route où passent de rares voitures. Il n'y a pas d'espagnolette, comme à toutes les autres fenêtres de l'établissement. Une salle de bains est commune à la chambre d'à côté, mais celui qui l'utilise peut fermer les portes de communication.

Une infirmière explique : « Au début, vous resterez là. Vous n'avez pas le droit de descendre. Quand le médecin vous verra, il décidera. »

L'étage est un alignement de chambres, le long d'un couloir. Au fond, deux grabataires sont installées dans des fauteuils, dos à la fenêtre. Elles y passent leurs journées, sans parler. De ses yeux écarquillés, l'une d'elles fixe tout ce qu'elle voit. Elle a des jambes énormes, variqueuses, qui sortent de sa chemise de nuit et sont posées sur un fauteuil.

Les deux étages supérieurs abritent ceux qui sont là pour des séjours plus longs. Les résidents à vie se trouvent dans un autre pavillon.

À la porte, un règlement intérieur précise tout ce qu'il est interdit de faire dans les chambres : cela va de

« apporter de la nourriture » à « avoir des relations sexuelles ».

« Je suis désolée, c'est un peu intrusif, mais il faut le faire. »

Le français est douteux mais le ton est gentil. Les affaires sont vidées sur le lit. L'infirmière trie, met de côté ce qu'elle peut me laisser et ce qu'elle doit récupérer. On appelle cela l'« inventaire ». Les tas sont inégaux. Sont confisqués le téléphone portable, les clés, les papiers. Sont conservés la petite monnaie et les livres. J'en ai deux : *Le Dernier Chapitre*, de Knut Hamsun, et le deuxième volume des aventures complètes de *Modesty Blaise*. J'aurai le temps de tout lire.

« Pourquoi vous êtes là ? Ça ne va vraiment pas ? » demande-t-elle gentiment et sans insister quand je reste muet.

Il faut aussi que je me déshabille. Complètement. Elle me regarde faire puis me tend un pyjama vert.

« Quand ça ira mieux, vous pourrez sans doute descendre dans la salle commune. »

Par la porte entrebâillée, les grabataires ne perdent pas un de mes gestes. Aucune des deux ne parle ni ne répond aux « bonjour ». Tous les matins, à mon réveil, elles seront là. À quelle heure les sort-on ? Ne les rentre-t-on jamais ?

Je descends tout de suite dans la salle commune, même si je suis censé attendre plusieurs jours. Personne ne m'en empêche. L'escalier mène à la salle à manger, encore encombrée des reliefs du petit déjeuner. Une femme de ménage est en train d'y passer la serpillière. Un peu plus loin se trouve le bureau des infirmiers. La porte est ouverte. Une femme s'y tient. De l'intérieur parvient une voix : « Maria, sors de ce bureau ! »

L'ordre n'a aucun effet et la dénommée Maria se met à crier des phrases que je ne comprends pas.

Tout le personnel est vêtu de blouses.

Juste après un petit couloir, à la droite duquel se trouvent les toilettes, s'ouvre la pièce commune. Elle est assez grande (60, 70 mètres carrés ?), lumineuse, garnie de quelques tables, d'un billard américain recouvert d'une planche en bois, de fauteuils et d'une grande table.

La disposition des fauteuils indique déjà les centres névralgiques de la pièce. Un canapé et quelques chaises, dans le coin droit, font face à l'écran de télévision. Deux sofas et trois chaises sont disposés en rond autour d'une petite table, près de la radio, dans l'angle gauche. Entre les deux, une table plus grande permet de lire, jouer, écrire...

Toutes les portes sont fermées à clé, aucune fenêtre ne peut s'ouvrir. Seuls deux panneaux coulissants peuvent être manœuvrés et laisser passer un peu d'air. Une dalle de faux plafond fracassée rappelle la dernière tentative d'évasion en date, celle d'un homme qui avait sauté sur une armoire et tenté de se glisser à travers un vasistas ouvert, retombant cruellement écorché de l'autre côté.

L'odeur de tabac froid de la veille saisit d'entrée ; le son de la télévision domine, aussitôt concurrencé par celui d'une minichaîne installée sur un meuble bas. Pendant ces quatre jours, la guerre des décibels ne cessera pas : FM contre image, TF1 contre NRJ, « Dallas », le « Bigdil », « Qui veut gagner des millions ? » à satiété, et, devant l'écran, totalement passifs, trois ou quatre habitués qui n'en décolleront pas.

Dix, douze, quinze personnes peut-être sont là. Avant même que leurs noms ne viennent leur donner une identité, avant même que leur physique ne s'impose, elles se définissent par leur pathologie, par ce qu'elle a de plus immédiatement voyant. Des dépressifs sont assis immobiles sur leur chaise, les yeux dans le vide ; un vieillard est attaché sur un fauteuil avec un drap ceint autour des reins et tape violemment du pied sur le sol ; la femme qui a été expulsée du bureau des soignants crie en remuant les bras ; un homme en pull rouge marche, inlassablement, d'un bout à l'autre de la pièce, un sourire sur les lèvres. Les autres sont affalés devant la télévision.

La plupart sont habillés normalement, deux ou trois sont en pyjama ou en chemise de nuit. Beaucoup sont jeunes, la majorité a entre trente et quarante ans, même si quelques-uns paraissent avoir dépassé la cinquantaine. Seul l'homme attaché est âgé.

Ils annoncent spontanément leurs prénoms ; les patronymes, eux, ne seront donnés que par les infirmiers, généralement précédés d'un « Monsieur », sauf pour Driss et Maria, la quantité de remontrances qu'ils subissent ayant sans doute poussé à simplifier cette respectueuse procédure.

Est-ce une simple coïncidence due au caractère très populaire du « secteur » dont l'hôpital est en charge ? Beaucoup sont d'origine étrangère : deux Portugais, quatre ou cinq Arabes, un Malgache, plusieurs Noirs. Tous sont mêlés, quelle que soit l'apparente gravité de leur état.

Près de la radio, dans le coin le plus convivial de la pièce, deux jeunes femmes discutent. L'une est beur, jeune, ronde, de grosses lunettes encerclant ses yeux. L'autre est vêtue d'une chemise de nuit rouge et blanc.

Elles sont les seules à parler, à donner le sentiment d'être ensemble.

On m'accueille avec une curiosité discrète. Certains regards notent une nouvelle présence mais s'attardent peu, d'autres sont parfaitement indifférents. Personne ne tente de nouer un contact. Sauf le seul autre homme en pyjama vert qui me saute immédiatement dessus.

Il est grand, le visage allongé, très pâle. Ses yeux d'un vert lumineux, en permanence au bord des larmes, vous fixent avec une intensité qui force vite à détourner la tête. Ses mains sont crispées sur le bas de sa veste de pyjama, qu'elles ne lâchent presque jamais. Il ne peut parler qu'en collant son visage à trois centimètres de celui de son interlocuteur.

« Monsieur, vous pouvez me faire un service ? » Il supplie. « Hein, vous pouvez me faire un service ? » Que répondre ? Oui ? Mais quel service ?

— Il faut dire à mon père de signer ma décharge pour que je puisse sortir. »

Les larmes tremblent au bord de ses yeux.

Il répète sa demande trois, quatre fois. « Vous lui direz, dites, vous lui direz. Juste qu'il signe ma décharge... »

Le secours vient du côté des deux filles :

« Driss, fous la paix au monsieur ! » Et tout de suite : « Faut pas l'écouter, monsieur. Il fait ça avec tout le monde. »

Elles se présentent, avec un sourire un peu timide. Khadija et Raphaëlle se connaissent déjà de précédents séjours. Driss reste à côté de nous, prêt à renouveler sa demande, mais Khadija le fait partir.

Elles sont en train de parler de leur sortie prochaine, ou du moins qu'elles espèrent prochaine. Raphaëlle est là pour des crises de « spasmophilie », liées à son « angoisse ». Elle paraît plutôt jolie mais ses yeux gonflés d'avoir pleuré, l'absence totale de maquillage et la chemise de nuit un peu trop courte (« Ils n'avaient plus de pyjama », explique-t-elle en tirant sur les bords au moment de se lever) interdisent de s'en rendre vraiment compte. Elle arbore un sourire un peu triste dont elle ne se départira guère pendant son séjour, sinon lors d'une ou deux crises d'un violent désespoir. Khadija n'évoquera pas les raisons de sa présence. Elle vient « pour se reposer » et n'en dira guère plus. C'est sa famille qui a demandé ce « repos ».

Toutes les deux sont déjà venues plusieurs fois. Aucune, précisent-elles très vite, n'est là de son plein gré. Elles sont en « hospitalisation à la demande d'un tiers », l'une sur demande de ses parents, l'autre sur celle de son « ami ».

Qui est d'ailleurs là de son propre chef ? Personne, en fait. Au fil des conversations n'apparaîtront que des hospitalisations à la demande d'un tiers ou des hospitalisations d'office. Eux disent HDT ou HO[1]. Tout le monde ici comprend les sigles.

Khadija, comme Raphaëlle, semble presque contente de pouvoir présenter les lieux au nouveau. « Y a rien à faire. On attend. Le repas est à midi. Après, il y a les visites. Nous, on va sortir bientôt, mais il y en a qui sont là depuis longtemps. »

Elles décortiquent un règlement très précis, et qui touche à tout : horaires des repas, de la télé, du téléphone, des visites, des distributions de médicaments, de présence du docteur.

---

1. Voir note page 54.

Raphaëlle évoque tout de suite son précédent séjour dans le pavillon d'en face, « Esquirol » : « C'est horrible, encore plus crado qu'ici. Ce sont de vrais fous. Il y a une fille qui montre ses seins, un mec qui exhibe son machin. Je ne veux plus y aller, jamais. Je lui ai dit, au docteur, ne me remettez pas là-bas. Pourquoi on m'y met d'ailleurs ? »

Elle veut se convaincre qu'elle n'y retournera pas : son ami va venir cet après-midi et lèvera son hospitalisation, puisque c'est lui qui l'a signée.

Driss nous rejoint. « Driss, ne viens pas nous embêter ! » le prévient Khadija. Il s'en moque, reste debout. « Vous pouvez demander à mon père qu'il me signe ma décharge, s'il vous plaît ?

— Driss, arrête d'embêter le monsieur ! »

Khadija a à peine vingt ans. Elle semble perpétuellement inquiète, en fait toujours un peu trop, ses yeux agrandis par l'épaisseur des verres de lunettes, incapables de rester en place, sautant d'un détail à l'autre sans que son interlocuteur ne réussisse à fixer ce regard fuyant. Elle aime faire la morale aux autres.

« Pourquoi tu fais que des conneries quand tu ressors, Driss ? Tu sais que tu vas revenir si tu ne te tiens pas bien. Tu t'en vas, tu fumes du hasch, tu t'étonnes d'être repris ! »

Driss ne réagit pas. D'un coup, il explose :

« J'ai dix-huit ans, je veux pas rester ici. Je veux faire ma vie, avoir un garçon, une femme. Je vais pas passer ma vie ici. »

Cette bouffée soudaine n'est pas son apanage. Presque tous fonctionnent ainsi, par brusques changements de ton qui interdisent tout moment serein, tout échange qui ne soit pas menacé par la possibilité du dérapage.

Catherine s'approche. Elle parle peu, rit de temps en temps, fume énormément, apparaît calme et sereine. On lui donnerait une trentaine d'années si quelques rides, des flétrissures à la base du cou, les veines qui courent sur ses mains aux doigts jaunis par la nicotine n'en trahissaient sans doute une dizaine de plus. Elle est la seule à mettre régulièrement en avant le fait qu'elle est là pour se soigner : c'est une patiente modèle.

« Tu sais, Driss, commence-t-elle d'une voix maternelle et douce, tu es là pour qu'on te soigne. C'est toi qui en as besoin. Tant que tu feras des bêtises à l'extérieur, tu auras besoin de revenir. C'est normal.

— Mais je ne veux pas rester ici. J'ai dix-huit ans. »

Elle s'assoit. Il pose sa tête sur son épaule. Elle ne le repousse pas. Il reste ainsi quelques minutes puis, de lui-même, se lève et s'en va. En quatre jours, c'est le seul moment où l'une de ses tentatives pour approcher quelqu'un ne lui vaudra pas une rebuffade.

Quelles sont ces « bêtises » ? Personne ne le sait exactement, mais chacun en parle d'un air entendu, et Driss subit les remontrances sans que l'on soit bien sûr qu'il ait lui-même conscience de ce qui les provoque. Khadija évoque le hasch qu'il aurait fumé à l'extérieur. Driss demande : « Vous en fumez, du hasch, vous ? » Il sourit, cherche un complice. « Mais non, on n'en fume pas, Driss », lance Khadija, sourire aux lèvres.

Des cris éclatent. Maria vient de changer la chaîne de la télé. Elle se fait expulser du périmètre autour du poste. « Amour, gloire et beauté » reprend son fil, et Maria repart en marmonnant. Tout à coup, elle se met à crier. Il faut quelque temps avant de comprendre ses propos, déformés par son accent portugais. Elle hurle : « Cailloux, cailloux, dans la vésicule biliaire ! », annonce la guerre imminente, prévient que tous les docteurs sont morts d'un cancer. Parfois elle rit, montrant une bouche édentée, trou noir dans son visage rond de quinquagénaire.

« Ça va ?

— Non.

— Il faut répondre oui. Personne ne va, tout le monde le sait, mais si on le dit, qui aura encore le moral ? »

Michel a envie de parler. Il a rejoint le coin où les deux filles sont assises et s'adresse au nouveau avec un sourire de G.O. « Qu'est-ce qui vous vaut l'honneur ? » Lui est en placement d'office. C'est le préfet qui a décidé de l'envoyer ici. Il raconte d'emblée son histoire, sans fausse honte.

« Je suis divorcé. J'ai amené mes enfants chez le psychologue, et il m'a trouvé menaçant. Il m'a envoyé les flics. Ils m'ont passé les bracelets devant mes enfants. Et vous ? »

J'élude. Il n'insiste pas, continue de sourire, imperturbablement.

Aussitôt, un sujet de conversation s'impose : la sortie. De l'interrogation (« Quand est-ce que je vais sortir ? ») au souhait (« Pourvu que je sorte bientôt ») ou à l'affirmation (« Je vous préviens, je vais sortir bientôt »), ils en parlent tout le temps.

Michel, le premier, se demande quand la mesure qui le frappe sera levée. Puis c'est Raphaëlle, déterminée à ne pas rester longtemps ici, qui commence à échafauder la façon dont elle amènera son ami à convaincre le médecin de la laisser partir. Mais elle a une inquiétude : a-t-il signé ou non son hospitalisation ?

« S'ils ont demandé à l'administrateur, je ne peux rien faire. »

Après elle, Khadija, que sa famille doit venir chercher dans l'après-midi, évoque son retour et ce qu'elle dira à sa sœur très bientôt. Enfin Driss gémit pour que quelqu'un convainque son père de le faire sortir.

La veille, Driss a tenté de prévenir l'intervention paternelle en s'évadant. Il s'est échappé par la porte mais a été rattrapé tout de suite. Les autres lui en parlent, se moquent.

« Alors, Papillon, tu t'en vas à quelle heure aujourd'hui ? » lance Michel.

D'un seul coup, la détresse dans les yeux de Driss est telle que personne ne sait plus trop quoi dire.

Raphaëlle calcule combien de temps il lui reste et se perd un peu dans ses comptes. Si c'est comme la dernière fois, elle en a au moins pour huit jours. Elle ne veut pas. En plus, la semaine prochaine, elle doit passer un entretien pour un stage qui peut enfin déboucher sur du travail. Une espèce de rage la prend. C'est la première fois depuis trois ans qu'elle a une possibilité sérieuse de trouver un emploi.

Un tintement accompagne les infirmiers partout où ils se déplacent. C'est un gros trousseau de clés accroché à leur ceinture, avec lequel ils ouvrent et ferment toutes les portes qu'ils franchissent.

Abdel s'approche de la radio, qui semble être reconnue comme son territoire. Il en profite pour changer de station, monter le son qui est désormais d'un niveau presque égal à celui de la télé. C'est « Nostalgie » et Claude François, dont Raphaëlle se met à chantonner *Alexandrie, Alexandra*.

La seule présence de Driss provoque une tension visible chez tous. Khadija hurle : « Driss, fous-moi la paix ! » Elle le menace d'une gifle. Il se dirige vers un infirmier : « Khadija veut me mettre une gifle.

— Elle a bien raison, répond celui-ci. Après, t'auras qu'à venir me voir, je t'en mettrai une seconde. »

Driss pleure.

Bruno, un grand Noir à peine majeur, passe de longs moments totalement immobile, sans dire un mot. Il puise dans la poche de sa robe de chambre des cigarettes qu'il allume avec le mégot de la précédente. Il les fume jusqu'au filtre, troue régulièrement son peignoir avec des mégots allumés.

Denis, un Malgache, a deux taches roses sur les lèvres, comme une décoloration. Michel en profite régulièrement pour lui décocher une plaisanterie sur l'échec de son « bronzage ».

C'est l'heure de « Dallas ». Sur les canapés devant le poste, ils chantonnent : « Ton univers impitoya-a-able ! »

Quelques journaux traînent sur les tables : *Voici*, de vieux numéros du *Parisien*, de *Télé-Loisirs*.

Un somptueux programme d'activités est annoncé sur un grand tableau suspendu au mur : piscine, aquagym, sorties pédestres...
« Je n'en ai pas encore vu une se faire », soupire Michel.

Se moquer des plus atteints, provoquer chez eux le sursaut qui les fera retomber dans leur délire reste la distraction favorite. À ce jeu, Maria est la plus drôle. Lui faire répéter ses errements amuse, surtout quand elle annonce la mort des médecins du service. Après, on l'envoie promener.
Khadija l'appelle : « Maria, viens me voir ! » L'autre approche. « Alors, c'est vrai qu'ils sont morts, les docteurs ?

— Oui, tous morts d'un cancer, les docteurs, tous morts. »

Khadija rit. Quand elle en a assez, elle crie : « Tu m'embêtes, Maria ! », et Maria repart informer quelqu'un d'autre de l'hécatombe médicale.

Quand Maria l'a quittée, Khadija s'installe à côté de Michel et commence à lui parler de sa famille. Mais ce dernier continue de jouer aux cartes. Puis elle s'approche de Denis, qui s'est assoupi ; il lève les paupières et les rabaisse aussi sec. Elle se dirige ensuite vers Abdel, mais celui-ci ne la regarde pas et continue de chantonner. Alors elle s'assoit et finit toute seule le dialogue qu'elle n'a pu nouer.

D'emblée, l'ennui s'est installé, poisseux, presque palpable. Personne ne sait vraiment quoi faire. Chacun tourne en rond, passant d'un fauteuil à l'autre, d'une cigarette à la suivante, de la télé à la radio.

« Quelqu'un fait une partie ?

— Ouais, mais de quoi ? »

Les jeux sont passés en revue. Aucun ne suscite vraiment l'enthousiasme. Ils se rabattent sur une belote. Michel explique les principes de celle de comptoir, rigole en racontant qu'il l'a beaucoup pratiquée. Guillaume précise qu'il a arrêté de boire.

« Quand je le faisais, je le faisais jusqu'au bout. Je me mettais malade. » Un vague regret perce dans sa voix.

Corinne entre d'un pas saccadé, retenant de ses bras une robe de chambre qui s'ouvre sur une courte chemise de nuit. Elle vient s'asseoir, silencieuse. Son visage est couvert de boutons. Elle marmonne beaucoup. Son corps est légèrement tordu et elle ne cesse de balancer les jambes.

« Hier, elle nous a commencé un strip-tease, commente Michel. Heureusement qu'ils l'ont arrêtée. Ah, l'horreur ! »

Michel raconte à nouveau son histoire. Il est séparé de sa femme. Il a deux enfants. Ils viennent le voir presque tous les jours. Est-ce à cause des médicaments ? Il évoque ses problèmes avec un sourire imperturbable, parle surtout de l'immense ennui qu'il éprouve ici.

Abdel, en se penchant sur le canapé, tente de regarder sous la chemise de nuit de Corinne. À son air à la fois concentré et content, il semble qu'il y parvienne sans problème.

Deux trésors sont particulièrement convoités : les cartes téléphoniques et les cigarettes. Tout le monde a le droit de fumer, et tout le monde le fait. Un paquet, deux paquets par jour chacun. On se les échange pour varier les marques, on s'en offre, on s'en vole. De temps en temps, une infirmière va faire le ravitaillement en ville.

« T'as le droit, toi ? »
Les règles ne sont pas les mêmes pour tous. Il y a ceux qui peuvent et ceux qui ne peuvent pas. Qui décide ? Le docteur. Le mot est prononcé tantôt avec respect, tantôt avec hargne, toujours avec un sentiment d'impuissance. Si le docteur l'a dit, si le docteur l'a interdit, il ne reste plus qu'à s'incliner.
Tous n'ont pas le droit de téléphoner : certains peuvent le faire autant qu'ils veulent, d'autres doivent se limiter à un appel par jour, les derniers en sont totalement privés. Pourquoi ? C'est le médecin qui décide. Oui, mais pourquoi le décide-t-il ? Mystère.

Le téléphone de la salle à manger est ouvert deux fois trois heures dans la journée. Tout le monde peut entendre les conversations. Quand Khadija reste trop longtemps, une infirmière vient lui dire : « Mademoiselle X, ça commence à bien faire ! »

La carte téléphonique est une denrée presque aussi précieuse que les cigarettes. Ceux qui en ont les cachent, les prêtent avec discrétion à ceux qu'ils élisent. Elles sont demandées à chaque visiteur. Les patients qui ont le droit de sortir en ville en rapportent aux autres, s'ils le veulent bien.

Luxe suprême, faveur ultime, certains peuvent sortir, aller dehors. Quelques-uns en ville, d'autres seuls dans la cour, d'autres toujours dans la cour mais accompagnés. Du coup, chaque personne qui sort est aussitôt entourée, cernée, notamment par ceux qui espèrent en profiter pour se faufiler.

Guillaume fait envie à tout le monde : il a le droit de sortir dans le village. Vingt-cinq ans, une belle gueule, l'air content de lui et le sentiment très net d'être un privilégié. Les autres lui passent commande de cigarettes, sur lesquelles il lui arrive de prélever un petit pourcentage, de cartes téléphoniques, de bonbons. Mais c'est surtout l'envie qu'il suscite chez eux qui l'excite.

D'un coup, c'est l'effervescence. Pour la première fois depuis le début de la journée, la porte est ouverte à ceux qui ont le droit de sortir dans la cour. Ils se précipitent derrière l'infirmier, l'empêchant presque de tourner la clé dans la serrure.

« Non, pas vous. »

Je n'ai pas encore vu le médecin et n'ai donc pas le droit de sortir.

Mes compagnons reviendront une demi-heure plus tard, poussés à l'intérieur par une courte pluie.

Maria a le visage en feu. Elle a attrapé des coups de soleil. Certains médicaments en multiplient l'effet mais personne n'a de crème solaire.

Derrière la vitre, ceux qui n'ont pas pu sortir ont passé presque tout leur temps à les regarder, sans faire le moindre commentaire.

Antonio passe de table en table. Il a acheté une cartouche de Benson et veut les échanger contre des Marlboro. Il fait son troc cigarette par cigarette. Personne ne sait pourquoi il est là. Il promène son allure d'hidalgo efflanqué sans jamais se départir d'un sourire méprisant. Il est d'origine portugaise, ce qu'il rappelle régulièrement.

« Quand est-ce qu'on mange ? »
La question a été répétée tout au long de la matinée. Dès qu'on amène Henri à la cuisine, c'est le signe que le repas approche pour tout le monde. Il mange avant les autres, à la petite cuiller, avec une infirmière pour lui tout seul. Il l'insulte régulièrement, prend son verre pour le renverser, se le fait retirer.

Ceux qui sont chargés des corvées (mettre le couvert, passer une éponge sur la nappe) s'exécutent. Quand arrive l'heure de passer à table, tous se précipitent. Les télégobeurs restent devant « Le juste prix », mais un infirmier leur éteint le poste.

Chacun a sa place attribuée. Si quelqu'un essaie de s'asseoir là où il ne faut pas, les autres le renvoient : « T'es pas là, toi ! »

Les tables ne sont pas formées par affinités mais par ordre d'arrivée. Le plat est servi, mais il faut aller chercher les entrées. Bruno s'arrête devant le passe-plat, bloquant la file d'attente : « Tu te crois où ? Au Louvre, dans la section égyptienne ? » lui lance le cuisinier, n'éveillant d'autre rire que le sien.

Le cuisinier règne derrière son passe-plat. Il décide qui aura droit au rab, lance des piques à ceux qui l'énervent, tente sans grand succès de faire rire aux dépens de tel ou tel, marquant par des soupirs son mépris envers ceux qu'il juge trop lents ou trop voraces.

Ce sont des tables de quatre, rondes. La nourriture est à la fois correcte et copieuse, prise dans des barquettes avant d'être versée dans les assiettes. Le silence est presque total. Le simple fait de dire « bon appétit » à ses voisins paraît incongru. Parfois, on entend le rire de Michel.

La perspective du repas a été évoquée toute la matinée, mais lui-même a été englouti en vingt minutes. Le dessert donne lieu à quelques trocs. Guillaume se lève pour essayer d'avoir du rab. Le cuisinier l'aime bien et lui en donne un peu. Bruno se bloque d'un coup, la fourchette à mi-chemin de la bouche. Il faut qu'une infirmière vienne l'aider à la pousser jusqu'à sa destination.
Puis chacun se lève et va poser son assiette sur le passe-plat. Deux ou trois patients attrapent des torchons et nettoient les tables avant de retourner dans la salle commune.

À peine les assiettes débarrassées, le rituel du traitement commence. Chacun est appelé près d'un petit chariot où sont distribués les cachets. La queue se forme. L'infirmière contrôle que tout le monde les prend bien.

Il faut tenir la tête de Bruno pour les lui faire avaler. Seul Michel sait ce qu'il prend et en parle : dans son cas, c'est du Tiercan. « Ça calme », affirme-t-il. Dans ce qu'on me donne, je n'identifierai que du Xanax, un anti-dépresseur. Je le mets sous la langue et vais le cracher dans les toilettes.

Tout cela, repas et médicaments, a duré à peine une demi-heure.

« Qu'est-ce qu'on fait ? »

Les habitués s'installent à nouveau devant la télé. Maria se plante devant la porte et regarde dehors. Elle demande à Isabelle, l'infirmière-chef, si elle peut sortir. — Non, Maria. Ne me fatigue pas. »

Abdel et Antonio discutent de troc, d'échange de vêtements. Mon jean contre trois T-shirts ? Non, trois T-shirts et une chemise. À combien tu la touches, ta chemise ? Après une demi-heure de négociation, ils se promettent d'apporter les affaires l'après-midi, ce qu'aucun des deux ne fera.

Comme ils viennent tous d'agglomérations voisines, ils comparent leurs cités, s'amusent quand ils connaissent le même commerçant, le même bistrot.

Sur un tableau cloué au mur, parmi quelques papiers rappelant des éléments du règlement, une feuille donne les noms et adresses des commissions auprès desquelles ils peuvent se plaindre des conditions de leur internement.

« Je me taperais bien un café. » Denis soupire. Le café, c'est dehors, pour ceux qui ont le droit de sortir et à condition qu'ils aient des jetons pour la machine installée dans un autre bâtiment. Mais les jetons sont rares : aujourd'hui, comme toute la semaine dernière, il n'y en a pas eu.

« Monsieur Arano, debout ! » Les médicaments fatiguent Denis. Souriant et courtois, il passe son temps à marcher, arpentant la pièce dans le sens de la longueur. De temps en temps, il s'allonge et s'endort. Comme il est interdit de se coucher dans la salle commune, les infirmiers l'obligent à se lever chaque fois qu'ils passent.

Dans l'après-midi, sur l'initiative de deux infirmières, s'amorce une partie de scrabble. C'est la seule fois en quatre jours que le personnel se mêlera à une activité impliquant des malades. Sollicitée, Pascale se joint aux joueurs. Elle a passé la matinée assise sur une chaise à fumer, sans avoir encore décroché un seul mot. Elle ne comprend pas bien l'intérêt du jeu, laisse les autres disposer les lettres à sa place. À la fin, les infirmières ont gagné. Abdel a bien rigolé en posant « bite », qui lui a été refusé. Driss est venu demander une carte téléphonique. Khadija lui a rappelé qu'il n'avait pas le droit de téléphoner. Tout le monde est gentil avec Pascale, que ces attentions ne font pas réagir. De temps en temps, des larmes coulent de ses yeux. En silence.

« Est-ce que je peux sortir ? », « Est-ce que je peux téléphoner ? », « Est-ce que je peux avoir mon argent ? » Rien ne se fait sans la permission de l'infirmier, véritable ordonnateur de ce petit monde. Tout passe par lui, même s'il ne fait qu'appliquer des consignes dictées par les médecins, à l'étage au-dessus. Pour tout (acheter des cigarettes, téléphoner, sortir, pouvoir mettre ses vêtements, accéder à son argent), il faut demander la permission. Les réponses varient, mais le temps de les expliquer n'est jamais pris.

28

Parmi les soignants, on trouve des durs, des moqueurs, des gentils aussi. Ils ont leurs « têtes », leurs préférés. La vie du groupe semble à certains instants ne dépendre de rien d'autre que de leur humeur ou de leurs sentiments vis-à-vis de leur interlocuteur.

Dès que quelqu'un sonne à la porte – visiteur ou fournisseur –, Maria essaie d'en profiter. C'est la loterie : si l'infirmier est de bonne humeur, il lui dit gentiment : « Non, Maria, tu ne sors pas. » S'il l'est moins, il la repousse de la main : « Maria, tu m'emmerdes ! »

On vient détacher Henri de son fauteuil.
Il commence à s'exciter. Tout à l'heure, il a essayé d'enjamber l'accoudoir et y est presque arrivé. Les autres prenaient des paris sur l'éventualité de sa chute.

Henri est atteint de la maladie d'Alzheimer. Âgé d'environ soixante-quinze ans, grand, décharné, il ressemble à une momie. Pendant la journée, il tape sur tout ce qu'il peut : la télé, les vitres, l'aquarium, les portes, toujours sur le même rythme obsédant. Quand il est trop remuant, on l'attache à son fauteuil, avec un drap ceint autour de la taille. Alors il s'endort. Ou il tape du pied par terre. Lorsqu'il est fatigué d'être attaché, il essaie de sortir de son fauteuil, arrive péniblement à en escalader le bras, jusqu'à ce qu'une infirmière vienne le rasseoir.

Parfois, Guillaume est lassé du bruit que fait Henri. Il s'approche de lui, par-derrière, et lui tape sur la tête, au même rythme que celui dont il martèle les objets : « C'est énervant, hein ?
— Henri, arrête ! »
Chacun à son tour apostrophe le vieillard, qui continue imperturbablement de taper. C'est presque un rituel, une façon de marquer le temps.

Pascale a une crise de larmes, seule sur sa chaise, en silence. Personne ne vient l'interrompre mais, d'un mouvement de tête, les autres la signalent.

Dès 13 h 30, les visites ont commencé. Khadija en parle depuis ce matin : sa famille va venir, elle le lui a promis. À l'heure pile, elle est sur sa chaise, elle attend.

La femme d'Henri est la première à arriver, avec sa fille. Cette dernière est coiffeuse, elle va en profiter pour couper les cheveux de son père. Il ne les reconnaît ni l'une ni l'autre. Elle le lui demande pourtant régulièrement : « Dis, tu reconnais ta petite femme ? » avant de se tourner, un peu gênée, vers les autres : « Il a Alzheimer, c'est pour ça. » Elle essaie de l'embrasser, malgré ses refus.

Ils montent dans sa chambre, où sa fille lui coupe les cheveux. En redescendant, celle-ci fait admirer son travail aux autres patients et aux infirmières, qui ont tous un petit mot gentil : « Alors, Henri, on est rafraîchi ! » Il ne répond pas.

Si fatigant soit-il, Henri bénéficie d'une sorte d'indulgence que d'autres ne suscitent guère. Même si tout le monde, chacun à son tour, lui demande de se taire, on le sent en général accepté, intégré au lent déroulement des journées.

Il n'y a pas d'autre lieu pour les visites que la salle commune. Ceux qui attendent tentent d'engager la conversation avec les familles. Celles qui viennent souvent connaissent bien les patients. Driss tend son numéro de téléphone à qui veut bien le prendre ; il demande qu'on appelle chez lui pour que son père vienne le faire sortir. Une infirmière lui rappelle qu'il est privé de téléphone : « Driss, arrête d'embêter les gens ou tu vas avoir ta piqûre ! »

Après la femme d'Henri arrive celle de M. Leclerc. Celui-ci en est à son deuxième séjour, à la suite de grosses dépressions. Il peine à marcher, sourit aussi peu qu'il parle. Avec elle, d'un coup, il s'éveille. Elle restera l'après-midi. Ils se mettent dans un coin. Elle pose ses jambes entre les siennes, sur le barreau de sa chaise. Sans se toucher, ils tissent un cocon de tendresse que personne n'osera venir déchirer.

Toutes les demi-heures, Khadija fait le tour du groupe pour expliquer que sa famille doit venir et se demande pourquoi elle ne l'a pas déjà fait. Ont-ils déjà vécu cette attente ? Personne ne se moque, une aide-soignante lui assure même qu'ils ne devraient plus tarder. À 16 heures, elle téléphone chez elle et se fâche très fort : « Pourquoi vous ne venez pas ? C'est dégueulasse, moi, je vous attends ! » Ils jurent de venir. Jusqu'à 18 h 25, elle annoncera leur arrivée. Quand la demie sonnera, heure de fin des visites, elle semblera s'éteindre.

Pas Raphaëlle. Elle aussi a attendu son ami. Lui non plus n'est pas venu lever son hospitalisation, comme elle l'espérait. Alors elle est montée à l'étage, a cassé un pot de fleurs. Les infirmiers sont allés la maîtriser. D'en bas, on n'entend que des bruits, des cris. Mais on ne la reverra plus de la soirée.

La mère de Guillaume vient le voir, tard. Elle lui apporte des gâteaux. Il lui donne des ordres, exige du linge propre. Elle obéit, gentiment. Sur une table traînent des feuilles quadrillées : des cours d'optique. Guillaume prépare un concours, dont il parle beaucoup, pour devenir opticien. En quatre jours, les feuilles demeureront intactes sur la table.

Un bruit de verre ébranlé : c'est Henri qui s'en prend à l'aquarium.

Michel précise d'emblée : « Je crois qu'ils nous mettent du bromure. Si t'es là pour avoir la trique, t'es mal tombé ! »

Encore que... Abdel, qui passe l'essentiel de ses journées vautré à côté de la radio à changer de station toutes les trois chansons, affirme qu'il y a de « bons coups » à « Esquirol ». Il énumère les endroits où « tirer » : les toilettes, les chambres, les douches. Le jardin ? C'est plus dur, il y a toujours du monde. D'après lui, les infirmiers donnent des préservatifs.

Bruno n'a pas encore ouvert la bouche, mais il parvient à faire le geste de demander une cigarette, sa réserve étant épuisée.

Driss a réussi à donner son numéro de téléphone à une amie d'Abdel, venue avec sa mère. Elle a promis d'appeler.

La plupart des familles ont apporté un cadeau, généralement quelque chose à boire ou à manger. Ceux qui en ont reçu le partagent ensuite ou non avec les autres. Moment de choix, où l'on peut différencier ses copains des autres. Autour d'Abdel, qui a du jus de fruits, se réunissent les trois élus invités à en boire. Driss supplie mais n'obtiendra rien.

Driss vient à nouveau me demander ma carte téléphonique de son ton geignard, son visage collé au mien. Je l'envoie paître. Il m'aura fallu moins de douze heures pour adopter à mon tour cette attitude à son égard que je trouve pourtant odieuse chez tous mes compagnons.

Ce soir, il y a *Cliffhanger* à la télé. Stallone, ça plaît, et Guillaume en a parlé plusieurs fois dans l'après-midi. Tout le monde s'installe, se dispute les places sur les canapés. À la fin, ils trouveront ça « nase ».

La nuit, la lumière entre à flots dans ma chambre par une fenêtre commune avec la salle des infirmiers. Un simple store ne suffit pas à l'endiguer. Régulièrement, un membre du personnel vient ouvrir la porte et jeter un œil à l'intérieur.

Deuxième jour

Un nouveau flot de lumière crue dans la figure. Une infirmière vient d'entrer et d'allumer. C'est l'heure de la prise de sang. Je garde les yeux fermés. Il est 7 heures du matin. Elle ressort en éteignant derrière elle, après m'avoir expliqué que cet horaire matinal était nécessité par le départ du camion qui emporte les échantillons au laboratoire.

Tout le monde est déjà debout quand je pénètre dans la salle commune. Le petit déjeuner se passe en silence. Les « bonjour » n'ont plus la nuance de curiosité de la veille. Je fais déjà partie du décor.

Raphaëlle explique qu'elle va sortir et qu'il faut qu'elle voie le médecin aujourd'hui. Elle ne parle pas de sa crise de la veille, mais se plaint du silence de son ami et évoque sa fille. L'enfant a cinq ans et a été placée quand sa mère a eu ses premiers troubles.

Abdel a ouvert les deux vasistas pour évacuer un peu la fumée. Il fait froid dans les pyjamas, mais je n'ai pas encore le droit de récupérer mes vêtements.

Khadija en a marre du bruit. Elle essaie de rappeler aux infirmières que le règlement prévoit que le matin, c'est la radio et le soir, la télé. L'infirmière s'en moque.

Ce matin, c'est encore « Amour, gloire et beauté ». Devant la télé, ils reprennent en chœur : « des mots qui font rêver ».

Khadija vient s'asseoir. Elle a envie de parler, attend à nouveau sa famille. « Ils m'ont dit qu'ils venaient. Je sais pas pourquoi ils ne le font pas. Il faudrait que je les appelle. » Lourd silence. « Je devrais les appeler. » Re-silence. « Mais j'ai pas de carte téléphonique. » Elle prend la mienne, et me promet de ne dire à personne que j'en ai une.

Catherine attrape son livre. Elle est la seule à en avoir un : *Insomnie*, de Stephen King. Elle en lira une petite vingtaine de pages en quatre jours.

Driss suit Khadija au téléphone pour lui demander sa carte téléphonique. On entend Khadija la lui refuser : « Driss, si tu m'embêtes, je vais le dire. »

Crise : il n'y a plus de cigarettes. Michel, qui en a gentiment distribué une dizaine depuis le matin, se trouve fort dépourvu. Les infirmières avaient promis d'en rapporter dans la matinée. Elles ne sont pas encore revenues.

Depuis le début de la matinée, tout le monde vit dans l'attente de cette provision de cigarettes. Qu'elle soit en retard perturbe tous les plans : de ceux qui en ont donné, sachant qu'ils allaient en avoir bientôt ; de ceux qui ont épuisé leurs réserves ; de ceux qui en manquent depuis la veille et voient leur espoir repoussé.

Michel va se renseigner auprès de l'infirmière, mais celle-ci lui explique qu'elle a autre chose à faire pour le moment et qu'elle ira cet après-midi. Il revient annoncer la nouvelle avec un air catastrophé. Chacun se met à compter ce qui lui reste.

Driss tourne autour des groupes, demandant qu'on rédige pour lui une lettre d'excuse au médecin. Il la dicte en pesant ses mots : « Docteur, je m'excuse de m'être sauvé. Je ne recommencerai plus. Je veux que vous me soigniez comme il faut pour que je puisse sortir. »

Le même pas obstiné, toujours martelant le sol, annonce l'arrivée de Corinne. Elle va vers Driss, attrape une chaise et la lui envoie à la figure en criant. Elle le manque de peu. Les infirmières se précipitent. C'est lui qui se fait engueuler : « Tu sais qu'elle ne peut pas te supporter. Pourquoi tu t'approches d'elle ? »
L'épisode fournira de nombreuses conversations, la plupart pour accabler Driss.

Du pavillon voisin arrive Haayet. Elle est échevelée, sale. Abdel rigole. « C'est un bon coup », nous dit-il, « on peut la baiser pour rien, ou pour quelques jetons de café. »

Haayet a vécu quelque temps à « Pinel », notre pavillon. Il est d'ailleurs question qu'elle y revienne, ce qui révolte Raphaëlle : si Haayet revient, elle-même n'aura plus de place qu'à « Esquirol ». « Pourquoi elle et pas moi ? » rugit-elle, agressive.
Haayet a le droit de sortir dans la cour comme elle veut. Elle navigue entre les deux pavillons. Régulièrement, quand ceux de « Pinel » ne sont pas autorisés à sortir, elle vient coller son visage à la vitre et sourit, tortillant entre ses doigts une mèche de cheveux graisseuse.

« Enculée, salope, connasse ! » Henri éructe des gros mots qu'il n'adresse à personne en particulier. Guillaume s'approche, pour rire. Henri essaie de lui mettre une gifle, mais a l'allonge trop courte par rapport à l'agilité de l'autre.

Raphaëlle pleure. Elle est en train de repenser à sa petite fille dont elle ne voit plus le père depuis longtemps.

Des ouvriers réparent la grille donnant sur l'extérieur, et qui est donc ouverte. Tout le monde est consigné à l'intérieur.

« On verra après si on peut sortir. »

Maria restera une bonne demi-heure immobile devant la porte.

Au bout de trois heures, les travaux s'éternisant, une infirmière décide de faire sortir ceux qui en ont le droit trois par trois, pendant un quart d'heure. C'est une blonde rondouillarde, au sourire doux. Immédiatement, sept à huit personnes se bousculent devant l'entrée. L'infirmière prend Maria par le bras : elle fera partie de la première fournée.

L'heure des visites sonne à nouveau. La plupart de ceux qui viendront sont déjà passés la veille, comme s'il n'y avait pas de demi-mesure entre l'attention quotidienne et l'oubli total de ceux que personne, jamais, ne vient visiter.

Mme Leclerc est revenue voir son mari. Comme hier, ils s'isolent, et elle reste l'après-midi.

La fille de Catherine passe la voir. C'est une petite Asiatique. Adoptée ou métisse ? Personne ne le lui demandera, mais Michel, en lui disant qu'elle est très mignonne, lui arrachera l'un de ses rares sourires.

La mère et la sœur de Driss lui rendent visite, suscitant un frisson de plaisir. On s'attend à du spectacle, et tout le cercle se resserre autour d'eux. La mère parle peu, les cheveux recouverts d'un voile. Elle mélange l'arabe au français. La sœur est jolie, souriante, vêtue d'un jean, très « beurette ». Elle reproche à son frère de donner le numéro de téléphone de la maison à n'importe qui : « On est dérangés tout le temps. Ça va pas, Driss. Si tu continues, on va changer le numéro de la maison et on ne te le donnera plus. »

La mère a apporté une carte téléphonique, mais ne veut pas la laisser à son fils. Elle la confie aux infirmières qui, plus tard dans la soirée, refuseront de la donner au jeune homme « puisqu'il n'a pas le droit de téléphoner ».

M. Lemaitre rentre de week-end. Il a passé le samedi et le dimanche chez lui. C'est un gros monsieur aux cheveux blancs. Il rapporte avec lui un peu de l'air du dehors et les autres l'interrogent avec une avidité sans commune mesure avec l'intérêt de ce qu'il raconte : bistrot, baby-foot, repas en famille...

L'ami de Raphaëlle est enfin venu. Ils ont tenté de s'isoler, en vain. Il est petit, moustachu, maçon de son métier : « Je suis qu'un pauvre ouvrier », plaisante-t-il. Il lui explique : « Hier, je n'ai pas pu venir parce que je finissais un travail chez un copain. » Elle lui reproche de n'avoir pas prévenu. Elle pleure beaucoup. Il a l'air embêté, lui promet de voir avec le médecin si elle ne peut pas sortir. « Si tu ne signes pas, ils ne peuvent pas me garder », explique-t-elle.

Sa grand-mère est venue également. Elle aussi proteste contre l'internement. Il se laisse fléchir mais ajoute, d'un ton plus paternel qu'amoureux : « Alors il faudra que tu sois raisonnable, que tu arrêtes de faire des crises, surtout quand ta fille est là. »

Le sourire revient chez Raphaëlle, elle promet. Ils s'embrassent. Puis il parle avec les autres habitués, comme s'il s'agissait d'une bande de copains comme une autre. Il finit même par entamer avec Abdel une grande discussion musicale et par se désintéresser totalement de Raphaëlle, qui reste à ses côtés, l'air de s'ennuyer.

Une jeune femme rousse, très maigre, entre dans la pièce. Elle s'approche de la table où Antonio et Abdel jouent aux cartes, et s'adresse au jeune Portugais. Elle lui demande s'il a envie de venir parler avec elle. C'est la psychologue. Il refuse.
« Pourquoi ? On pourrait apprendre à se connaître.
— On se connaît, là.
— Oui, mais on pourrait parler.
— On parle, là.
— Vous ne voulez vraiment pas ? »
Il ne répond même pas. Elle repart.

Maria se met à rire en me regardant. Elle en suffoque presque, et sa gaieté se communique aux autres. Seule Khadija guette ma réaction avec une inquiétude envieuse : et si je me fâchais...

J'ai obtenu l'autorisation de récupérer mes vêtements et de sortir dans la cour. Je les demande plusieurs fois. À chaque fois, on me répète : « Oui, oui, on vous les apporte. »

Driss tente à nouveau de s'évader après le départ de sa mère et de sa sœur. Profitant de l'entrée d'un visiteur, il le bouscule et enjambe la grille. L'infirmière tend les bras pour le bloquer, pousse un cri. Trop tard : il est parti.
Les autres commentent en ricanant sa tentative. Il n'ira pas loin, c'est sûr. Il s'est d'ailleurs toujours fait

reprendre. Qui a jamais réussi à s'échapper, du reste ?
Si, une fois, quelqu'un qu'on n'a plus jamais revu. Ah
bon, vraiment ? Michel raconte l'histoire, comme s'il
l'inventait, ce qui est d'ailleurs peut-être le cas.

Le temps passe et Driss ne revient pas. D'heure en
heure, une espèce de griserie s'empare des autres : et
s'il avait réussi ? Personne ne le dit aussi clairement,
mais il y a d'un coup, dans la manière de parler de sa
fuite, une jovialité, presque un respect, qui n'existait pas
un peu plus tôt.

Trois heures plus tard, une ambulance pénètre dans
la cour et s'arrête devant le bâtiment. Deux infirmiers
en descendent un brancard sur lequel gît Driss, les
mains et les pieds attachés par une sangle de contention, l'air ailleurs. Il sera ainsi directement monté dans
sa chambre. On peut recommencer à se moquer de lui
sans jalousie aucune.

Aujourd'hui, il y a des jetons pour la machine à café.
Ceux qui peuvent en acheter se précipitent. Comme
tous ceux qui ont de l'argent, Maria a un pécule chez
les infirmiers. Elle en prend pour cinquante francs.
L'infirmière s'étonne un peu de la somme, puis les lui
donne. Maria va immédiatement en distribuer à ceux
qui, prévenus, l'attendent. Elle en donne à certains, en
refuse à d'autres, se fait crier dessus par les victimes
de cette discrimination.

Cet après-midi, les ouvriers ne sont plus là. On peut
sortir. Dès l'annonce, tout le monde se masse près de
la porte, même ceux qui n'ont pas le droit et espèrent
passer incognito. Peine perdue.

À la troisième réclamation, je récupère mes vêtements. Cela fait quarante-huit heures que je n'ai pas

mis le nez dehors. L'air est doux, et sa simple caresse est déjà un miracle.

Entre les trois bâtiments d'internement s'étendent quelques pelouses, se dressent quelques bancs. Maria va jusqu'à la grille pour regarder passer les voitures. « Il y en a beaucoup, il va y avoir la guerre. » Elle imite les avions qui mitraillent.

On peut pousser jusqu'à « Esquirol ». La grande salle est semblable à celle de « Pinel », avec un baby-foot et, derrière, de misérables petites cours. La porte est ouverte. Plusieurs en sortent. Certains sont sales, beaucoup sont physiquement très atteints, se déplaçant avec difficulté. D'autres ont le visage rubicond à cause des coups de soleil. Sur les bancs, ils s'attroupent, parlent un peu, marchent sans but.

On sent chez certains la maîtrise du lieu, presque un sentiment d'appartenance : ils sont chez eux. Si le temps le permet, ils passeront là tout l'après-midi, errant de service en service, collant leur visage sur des vitres de l'autre côté desquelles grimacent ceux qui ne peuvent pas sortir.

Abdel et Haayet attirent à eux tous les autres. Ils parlent de foot.

Certaines familles vont dehors chercher un peu d'intimité. Mais il suffit qu'elles s'assoient sur un banc pour que les patients s'avancent vers elles.

Des cris s'échappent soudain d'une fenêtre ouverte. Tout le monde se lève et se dirige vers l'endroit où ils retentissent. Ce sont les enfants de Michel qui se sont mis à pleurer. Celui-ci ferme la fenêtre et chacun retourne vers son banc.

Denis et Abdel entrent dans la salle ; ils se plaignent que Maria les poursuive et leur interdise de profiter de l'extérieur.

Guillaume explique qu'il a enregistré *Entretien avec un vampire* la semaine dernière, qu'on pourra le regarder ce soir. Personne ne lui répond, et il retourne à ses cartes.

Ils sont quatre à jouer au Monopoly, avec des règles hasardeuses qu'il faut repréciser régulièrement. Ils iront au lit sans avoir fini la partie. Ils la terminent d'ailleurs rarement, tant le jeu est long : l'un d'entre eux finit toujours par se décourager et par s'en aller. « Mais au moins ça dure longtemps », explique Michel, organisateur du jeu.

Ce soir, c'est « Passeur d'enfants en Thaïlande », sur TF1. Abîme de stupidité, avalé avec la même indifférence que ce qui a précédé.

À 23 heures, il y a *Double Vue* le film de Mark Peploe sur la 6. Je demande si je peux le regarder.

« Non. La télé, c'est jusqu'à 11 heures. »

Au lit, donc.

Troisième jour

Ce matin, l'infirmière décide que le règlement sera appliqué et éteint la télé. Maria la rallumera une demi-heure plus tard.

Michel sort de sa poche un papier : c'est l'avis par lequel le préfet a décidé de son hospitalisation d'office. Il le fait passer mais, tout le monde l'ayant déjà vu vingt fois, n'obtient guère de succès. De temps en temps, il en rit : « Faites attention, je suis un fou dangereux. C'est marqué là ! »

Le fils de M. Lemaitre lui a apporté des gâteaux. Il les mange seul. Michel fait croire à Maria que c'est pour elle qu'on les a achetés. Quand elle veut en prendre un en disant « merci », on les lui retire. Tout le monde rit.

Bruno a parlé, pour la première fois. Quand Khadija lui a demandé ce qu'il avait, il a répondu « dépression ». Il réclamera désormais ses cigarettes en prononçant le mot, et non plus uniquement par gestes.

Il ne semble pas y avoir de moyen terme entre l'immobilité et le mouvement permanent. Pascale et Bruno ne bougent pas, véritables statues muettes. Maria, Henri et Driss ne peuvent pas rester en place plus de cinq minutes et vivent dans une déambulation permanente.

Driss fait son entrée. Il a passé la nuit attaché sur son lit et raconte son aventure. Il s'est fait prendre après avoir réussi à se cacher pendant plus d'une heure. Il voulait rentrer chez lui, mais il n'y a pas de RER près de l'asile et les habitants qui voient passer des gens en pyjama savent d'où ils viennent. Un couple à qui il avait demandé un verre d'eau l'a dénoncé. Il raconte tout cela sans émotion particulière. Tout de suite après, il veut savoir quand il pourra sortir.

Ce matin, le père de Driss vient lui rendre visite. Driss lui saute dessus, l'embrasse, le supplie de le laisser sortir. Le père a l'air gêné. Il monte avec son fils au premier étage et s'installe avec lui sur une chaise. « Arrête de m'embrasser tout le temps ! »
Driss est à ses côtés, les bras tendus, à mi-chemin entre la comédie et l'affection véritable. Ils resteront là près d'une heure, dérangés en permanence par le défilé de ceux qui montent pour saisir quelques bribes de leur conversation et les rapporter ensuite à la salle commune. Le départ du père de Driss plonge son fils dans tous ses états. Il s'agrippe à lui, refuse de le lâcher. Les infirmiers doivent intervenir pour qu'il le laisse partir. Il pleure, crie qu'il veut sortir.

Ses parents ont laissé une carte téléphonique à Khadija. Driss l'a repérée. Chaque fois que celle-ci se dirige vers la pièce où se trouve l'appareil, il la suit.

Ils sont finalement peu (trois ou quatre) à ne pas avoir reçu de visites. Ils n'en parlent pas et personne ne leur demande pourquoi.

L'après-midi, le médecin doit venir. Dès l'annonce de son arrivée, c'est l'effervescence. Tout le monde veut le voir. Les infirmiers viennent modérer les ardeurs en rappelant que chacun sera convoqué à son tour.

Le médecin est une femme. Elle me signale que je vais être transféré puisque je ne suis pas dans mon secteur (la sectorisation veut que l'on soit soigné dans un établissement situé près de son domicile). J'acquiesce. Elle prend mon dossier, examine le traitement qui m'a été prescrit et s'exclame devant moi : « Mais c'est n'importe quoi, ce traitement ! » Elle le barre d'un coup de stylo et prescrit autre chose sur une feuille de papier. Driss entre à ce moment-là dans le bureau : elle lui demande de sortir, sinon elle ne le verra pas.

L'ami de Raphaëlle est de retour. En larmes, elle le supplie à nouveau de signer son droit de sortie, promettant de ne plus faire de bêtises, de s'occuper de sa fille. Ils montent discuter avec le docteur. Que se diront-ils ? Le soir, en tout cas, elle ne sera plus là. Elle sera partie sans un au revoir, discrètement. Personne ne parlera d'elle, sinon pour noter d'un air détaché son absence.

Après le dîner, mon traitement reste inchangé. Je signale la désapprobation marquée avec laquelle le docteur l'a accueilli, le qualifiant de « n'importe quoi ». « Mais moi, j'ai ordre de vous le donner », me répond l'infirmière.
Je prends donc le traitement « n'importe quoi ».

Quatrième jour

Le temps a déjà perdu de sa densité. J'ai l'impression que rien de nouveau ne se passe, que trois jours ont suffi à émousser mes capacités à observer, à noter.

Une infirmière vient m'annoncer mon départ proche. Je suis transféré à Maison-Blanche, un hôpital situé près de Paris. L'ambulance passera me prendre après le déjeuner.

Les adieux ne semblent pas de mise. Je n'en fais donc pas, me contentant de proposer à la cantonade ma carte téléphonique. Immédiatement, vingt mains se tendent pour l'avoir. Mon départ indiffère, sauf Michel qui me parle de ma « chance ».

Le transport est épique. Le chauffeur, une femme, ne sait pas où il va, confond Neuilly-sur-Marne et Neuilly-sur-Seine. Elle descend demander son chemin, s'arrête pour acheter des cigarettes. J'avais cinquante occasions de sauter de la voiture et de plonger dans une bouche de métro... Après trois heures de route, nous atteignons Maison-Blanche. Le bâtiment est immense. On dirait une ville de fous. L'impression est encore pire lorsque je pénètre dans mon futur pavillon.

Je rencontre un nouveau médecin. Je lui fais part de ma volonté de rentrer chez moi, du sentiment que j'ai d'aller mieux. Je suis en hospitalisation libre et peux donc choisir le moment auquel je souhaite partir. Elle ne s'y oppose d'ailleurs nullement, me signalant simplement que la vie de famille n'est pas une thérapie. Le soir, je suis chez moi.

Là-bas, comme tous les soirs vers la même heure, Maria a sans doute rangé ses affaires dans son sac à carreaux, enfilé son manteau. Elle s'est assise, a parlé toute seule de ses cailloux en attendant sa fille qui ne viendra pas.

ANNEXES

Comme je l'ai expliqué dans l'avant-propos de cet ouvrage, l'expérience relatée dans les pages précédentes prenait place dans une suite d'articles du *Nouvel Observateur* inspirés par le rapport de la Cour des comptes 2001. Très critique, ce rapport notait le « manque de pilotage au niveau national » de l'organisation des soins et le défaut d'application de textes, malgré leurs « bons principes ». Selon les régions, la capacité en lits (164 pour 100 000 habitants en moyenne) variait du simple au double, sans que rien ne l'explique. Le ministère de la Santé était clairement accusé de n'avoir pas su mettre en place l'« outil désiré pour analyser les disparités » et « permettre la planification ».

La sectorisation (traitement des malades par secteurs géographiques, qui avait pour but de les sortir de l'hôpital) était également très critiquée : « Les alternatives à l'hospitalisation sont insuffisamment développées et réparties de façon très inégalitaire entre les régions et les secteurs », expliquait le rapport. L'hôpital avait perdu beaucoup de lits mais restait l'élément central du dispositif, ce qui obligeait les psychiatres à multiplier les hospitalisations sous contrainte parce qu'ils savaient ne plus pouvoir faire admettre de patients en hospitalisation libre. Le système apparaissait, au terme de ce rapport, extrêmement disparate et exagérément coercitif.

Mais le chiffre le plus frappant concernait l'augmentation de 45 % en huit ans (de 1988 à 1995) des hospitalisations sous contrainte. Comprendre les raisons de cette augmentation était le sujet d'un second article reproduit ici dans une version un peu plus longue que celle publiée alors. Il était suivi d'un encadré sur les malades qui ne sont pas à leur place et d'une interview de Philippe Clément, infirmier à Ville-Evrard.

I

Psychiatrie :
l'étonnante augmentation
des internements sous contrainte

45 % d'augmentation d'hospitalisations sous contrainte entre 1988 et 1995, soit presque 10 % des 600 000 admissions annuelles. Le rapport de la Cour des comptes 2001 s'interrogeait sur le pourquoi de cette effarante inflation, qui relance toutes les idées noires autour de la psychiatrie. La réalité oscille entre des cas réels d'abus, la dérive d'une « justice » purement administrative et l'impuissance de psychiatres confrontés à l'absence de lits.

C'est à la case 9 de la page 44. Le docteur Finney veut envoyer Tintin, en quête des « Cigares du pharaon », à l'asile. Il lui donne un mot pour le médecin qui dirige l'établissement « Faites-le entrer dans sa cellule... Dans la suite, il ne cessera de répéter qu'il a toute sa raison. » Le docteur rit : si Tintin dit qu'il n'est pas fou, c'est bien qu'il est fou.

Le piège s'est-il refermé sur Christian Minvielle ? L'hôpital psychiatrique de Lannemezan est dans le ton des dessins d'Hergé : lourdes portes fermées à clé, infirmières au regard soupçonneux, patients affalés sur leur chaise, devant la télé, l'air hébété... Christian Minvielle n'a pas voulu se joindre à eux. Il est allongé sur son lit, vêtu d'un survêtement élimé. Son ton est lent, parfois hésitant, ce dont il s'excuse. « Ce sont les médicaments. Ils m'abattent. » Plusieurs fois, il bâille.

Christian Minvielle est ici depuis le mois d'octobre 2000. C'est son deuxième séjour en hôpital psychiatrique. Le premier a eu lieu en 1988, au cours d'un divorce douloureux. « Un soir, trois agents sont venus me chercher devant l'école de mon fils. Ils m'ont emmené au commissariat. Le lendemain, j'étais placé en hospitalisation d'office[1]. »

Il sera libéré trois mois plus tard, portera plainte devant le tribunal administratif qui annulera son internement considéré comme « internement abusif ». Mais il attend encore d'éventuelles indemnités. Il les attend depuis sa chambre de Lannemezan. « Du matin au soir, je regarde les murs. On me fait sentir tout le temps que j'ai déjà été interné. »

À sa première sortie, il peine à trouver du travail, vit grâce à sa pension d'invalidité. En octobre 2000, il est expulsé de chez lui. La police l'attend à la sortie de son appartement. Il est de nouveau interné en hospitalisation

---

1. Les internements sous contrainte (HSC) sont déterminés par une loi du 27 juin 1990, laquelle en révise une autre datant de 1838. Elle prévoit deux types d'hospitalisation. L'internement sur demande d'un tiers, ou HDT, nécessite deux certificats médicaux, dont l'un d'un médecin de l'hôpital psychiatrique et l'autre d'un médecin extérieur à cet hôpital, ainsi que la demande d'un tiers. N'importe qui peut jouer ce rôle de tiers. En cas d'urgence, un seul certificat peut suffire. L'hospitalisation d'office, ou HO, mesure ambiguë qui relève autant de la police que de la médecine, est décidée par le préfet quand le comportement d'une personne est jugé dangereux pour l'ordre public. Une décision motivée et un certificat médical sont nécessaires. En cas de « péril imminent », un simple « avis médical » (qui dispense le médecin d'examiner le patient) peut suffire. Actuellement, 70 % des HO sont des HO d'urgence.

d'office. Pourquoi ? Il y voit la main de son ex-femme, désireuse de l'éloigner de leur fils qu'il n'a plus vu depuis des années, croit qu'on veut l'empêcher de toucher son indemnisation. Il peut recevoir des visites mais n'a pas le droit de téléphoner ni de sortir. La télé ne fonctionne plus depuis six jours. Il somnole toute la journée.

Des histoires comme la sienne ne sont pas exception-nelles. « Il y a beaucoup plus d'internements abusifs que d'erreurs judiciaires », estime Denis Jacquin, l'un des quatre ou cinq avocats français spécialisés dans ce type d'affaires, en charge actuellement de 35 demandes. « Ils servent de mode de résolution de conflits conjugaux ou de voisinage. On fait interner la mamie dont on guigne l'héritage, le voisin pénible, l'employé dont on veut se débarrasser sans indemnités. Il suffit d'un médecin, soit un généraliste qui veut jouer au psychiatre, soit carré-ment un indélicat. Les certificats sont parfois délirants : une de mes clientes a été internée avec la mention : "délire schizophrénique de type paranoïaque avec sou-rire persistant". »

« Il y a une gestion de la crise par la psychiatrie en ce moment en France », enchaîne André Bitton, prési-dent du Groupement Information Asile, une association qui s'efforce de débusquer les cas douteux. « La moitié des RMIstes ont vu un psychiatre, à qui on demande de gérer des problèmes de couple, de voisinage, de misère. Bien sûr, les gens internés ont des problèmes, mais ceux-ci ne justifient pas ces traitements. Plus qu'abusi-ves, je dirai que ces hospitalisations à la demande d'un tiers d'urgence (le type d'internement ayant le plus aug-menté) sont inutiles et arbitraires. »

Comme celle de Maurice Henry ? Aujourd'hui installé près d'Oléron, cheveux blancs, voix traînante, l'homme tente d'oublier les mois qu'il estime lui avoir été volés. Le 25 février 1994, deux voitures de police s'arrêtent devant chez lui. Il est immobilisé, fouillé, mis dans une

55

ambulance. Sa femme[1] et lui sont en train de divorcer. Trois maisons sont en jeu, qu'il comptait vendre, et il voit dans la volonté de les récupérer le motif de son internement.

L'homme n'a aucun passé psychiatrique. Il est amené en hospitalisation d'office à l'hôpital de Pierrefeu-du-Var, internement décidé par le préfet sur avis du maire de la commune à qui sa femme avait remis un certificat médical d'un certain docteur Turzanski. Une enquête ultérieure révélera que le médecin (condamné depuis à quatre ans de prison pour escroquerie et en fuite, alors que Maître Navatel, l'avocat de Mme Henry, l'a été, lui, pour détournement de fonds, ce qui fait quand même beaucoup de personnages douteux pour une même affaire) n'avait « examiné » son patient qu'en le regardant par la fenêtre.

« La première nuit, je l'ai passée dans une chambre de sept avec un vieux qui se chiait dessus. Mais si je m'étais révolté, on m'aurait fait des piqûres. » Il sortira le 24 mars, pour passer deux mois en maison de repos. À son retour, sa maison a été vidée de ses meubles. Un psychiatre agréé par les tribunaux, Jean-Marie Abgrall, célèbre pour ses prises de position contre les sectes, l'examine : « Je reste aujourd'hui convaincu d'avoir vu quelqu'un qui avait un gros problème d'alcool. » Maurice Henry est placé sous sauvegarde judiciaire. Quelques mois plus tard, une deuxième expertise demandée par le tribunal de Toulon dément la première. À la rue, Maurice Henry se réfugie chez son frère, avec qui il n'avait plus aucun lien depuis sept ans.

La machination est sans doute rare. Mais une certaine facilité à interner se fait pourtant de plus en plus jour, qui amène à contourner la loi. Une hospitalisation à la demande d'un tiers doit être justifiée par deux certificats

---

1. Elle refusera de nous parler.

médicaux, l'un d'un membre de l'hôpital psychiatrique, le second d'un médecin extérieur, les deux appuyés par la demande d'un tiers. Mais ce tiers peut être absolument n'importe qui, y compris un inconnu n'ayant jamais vu le malade. « Chaque hôpital a son généraliste attitré. Celui-ci fait les certificats qu'on lui demande », affirme Philippe Clément, infirmier depuis vingt ans dans des hôpitaux psychiatriques de la région parisienne comme Ville-Evrard. Ce que confirme un médecin bordelais : « Il m'est arrivé, sur demande d'un ami psychiatre, de faire un certificat sans avoir vu le malade. Il y avait urgence. »

Maître Jacquin a pu constater plusieurs fois que le second certificat était mot à mot une copie du premier. Dans le Béarn, le docteur Cauvin, médecin urgentiste, est confronté presque toutes les nuits à la nécessité de faire une hospitalisation à la demande d'un tiers. « Une garde sur deux, presque, pour des délirants et des dépressifs. » Parfois, le malade est amené par les pompiers : le médecin des urgences fait le premier certificat, demande à un collègue d'établir le second, et l'administrateur de garde fait le tiers. Ce second certificat est rarement aussi précis qu'il le devrait. « Peut-on demander à un dépressif de répéter un récit douloureux deux fois de suite ou presque ? Cela dit, quand la famille est là, ce n'est pas forcément mieux. Ce qu'elle dit va nous influencer et peut multiplier les risques de manipulation. » Ces hospitalisations sont généralement la réponse à une dépression passagère, ont empêché des suicides, ne durent pas forcément très longtemps. Leur désinvolture gêne pourtant souvent ceux qui les pratiquent : « Quand la police nous amène quelqu'un avec les menottes et que nous faisons une hospitalisation à la demande d'un tiers, je suis souvent mal à l'aise », avoue le docteur Cauvin.

Assistante sociale à Sainte-Anne et membre de l'association « Advocacy », Martine Dutoit constate cette évolution : « Au début, on cherchait vraiment un tiers. Maintenant, on m'annonce très souvent, comme si c'était normal : "Il faut que tu signes." De plus en plus, je dois être aux ordres, on ne comprend plus que j'hésite. Pourquoi ? Par facilité. Ça évite de se poser la question de la relation à l'autre. L'internement est mécanisé, les pratiques de non-respect banalisées par l'usage, même si les gens internés ont vraiment besoin de soins. »

Quand il y a « péril imminent », notion extrêmement floue, il n'y a plus besoin que d'un seul certificat. Quelqu'un qui est ainsi entré volontairement en hospitalisation libre à l'hôpital psychiatrique peut, si le médecin le juge nécessaire, voir une hospitalisation volontaire transformée en hospitalisation à la demande d'un tiers, éventuellement même plus tard en hospitalisation d'office, sans qu'il comprenne forcément ce qui lui arrive. Christian Minvielle ignore qui est le tiers qui a signé sa demande d'hospitalisation. « Quand cela arrive, soit le malade réagit bien, et il n'y a pas de problème, raconte Philippe Clément, soit il proteste, mais il n'y a alors plus besoin de son consentement pour le mettre sous camisole chimique. »

« La France est le seul pays d'Europe où la législation sur l'internement soit totalement administrative », accuse Philippe Bernardet, chargé de recherches au CNRS et animateur de la commission juridique du Groupement Information Asiles. « Le juge ne contrôle qu'après coup, et seulement si on le saisit. » En clair, l'internement psychiatrique est le seul cas de figure où un individu peut être privé de sa liberté sans qu'il y ait débat contradictoire. L'IGAS avait fait en 1985 une étude sur l'internement psychiatrique, qui concluait que 40 % des hospitalisations étaient inadéquates et que 10 % des internés n'avaient strictement rien à faire en hôpital psychiatrique.

Les garde-fous sont peu efficaces et, là encore, l'usage a trop souvent raison de la loi. Il existe trois recours : saisir le procureur, qui décide ensuite ou non de saisir le juge, lequel appelle souvent d'abord le service pour savoir ce qu'il en est ; saisir le président du tribunal administratif ; saisir la Commission départementale des hospitalisations psychiatriques, démarche dont l'efficacité est souvent jugée nulle. Secrétaire de la Fédération générale des commissions départementales des hospitalisations psychiatriques, le docteur Gozlan est forcément plus nuancé, sans pour autant se montrer enthousiaste. « Nous élaborons un guide méthodologique, car pour l'instant ça flotte. » Chaque commission doit théoriquement visiter les établissements, tout comme les préfets, les maires et les procureurs. Qui le fait vraiment ? Et combien de visites se limitent à une discussion d'une demi-heure avec le directeur de l'établissement ? Alors qu'elles sont censées être publiques, donc permettre l'expression de toute plainte, combien d'entre elles sont annoncées ? « En vingt ans, je n'ai jamais vu une visite », raconte Philippe Clément.

De toute façon, quel malade est vraiment au courant de ces mesures, et quels moyens a-t-il de s'informer une fois placé dans un établissement où le droit de téléphoner est soumis au bon vouloir des gardiens et souvent limité à l'usage d'un téléphone public d'où tout le monde peut entendre la conversation ? Le malade, une fois interné, devient aussi prisonnier d'un système.

« Les dérapages ont presque toujours lieu lors de la première hospitalisation, constate Maître Jacquin. C'est après que la situation devient impossible. Quand on est entré dans le système, on n'a plus droit à l'écoute. » Et de citer un autre extrait de certificat médical. « Le refus permanent de Mme X d'être internée montre bien ses difficultés. » « Une fois à l'intérieur, tout devient symptôme. La parole des gens reste sans effet, affirme

Martine Dutoit. Si on est une "mauvaise" malade, on est coincée. Déjà en hospitalisation libre, il faut une autorisation pour tout. En hospitalisation sous contrainte, c'est le règne de l'arbitraire. Demander la communication de son dossier médical, c'est d'emblée être suspect, un signe d'anxiété, donc de maladie. Alors remettre en cause son internement... Certains médecins dissuadent les malades d'entreprendre les démarches. Des gens qui ont demandé d'aller au tribunal ont été mis en chambre d'isolement, le temps que l'idée leur passe. » « Même si on a été psychiatrisé, on a le droit de se mettre en colère », s'insurge Jean Flory, ex-patient et actuellement président du « Fil trouvé », une association de malades. « Là, non. Tout se justifie par la nécessité de soins. C'est pour son bien, alors... Mais c'est un cercle vicieux. Neuf fois sur dix, le patient est violent car placé dans un système infantilisant où les frustrations se succèdent. »

Les psychiatres reconnaissent ces dérapages, admettent (généralement hors entretien) que le droit des malades est souvent peu reconnu. Mais ils se défendent. À Cadillac, le docteur Gérard, qui dirige la section d'UMD (unité pour malades difficiles), ne nie pas l'augmentation des hospitalisations sous contrainte, mais l'explique : « Il n'y a plus d'autre réponse. Devant l'effarante diminution du nombre de lits psychiatriques depuis quinze ans, c'est le seul moyen de faire hospitaliser quelqu'un qui ne serait pas pris en hospitalisation libre, même si la contrainte n'est pas justifiée, et quitte à ce qu'elle soit levée au bout de vingt-quatre heures. Ici, nous sommes passés en quelques années de 200 à 100 lits, et il y a une liste d'attente. »

Le fondateur du SAMU social, Xavier Emmanuelli, confronté dans la rue à une surabondance de schizophrènes délirants ou à gros problèmes psychiatriques et qui ne sont suivis par personne, fait la même analyse : le système n'offre plus que l'hospitalisation sous contrainte ou rien. Les tribunaux ne prennent plus en charge certains problèmes. « Il y a aujourd'hui des réponses psychiatriques à des problèmes dont la réponse était auparavant judiciaire : qui applique encore la loi de 1954 sur les alcooliques dangereux ? Personne. Alors on fait une hospitalisation à la demande d'un tiers », constate Jean-Marie Abgrall.

Il n'empêche que le combat reste inégal pour qui s'estime pris au piège. « La plupart des demandeurs n'ont que l'aide juridictionnelle, poursuit Maître Jacquin. Quand on obtient quelque chose, c'est une annulation de décision, rarement une indemnité. Nous n'avons jamais pu faire condamner quelqu'un ayant ordonné un internement abusif. Il ne pourra pas y avoir de justice tant que la sanction de ceux qui se sont trompés ne sera pas équivalente aux préjudices. »

II

Prison, rue :
l'absence de soins psychiatriques

« Plus je vais voir des clients en prison, plus j'ai l'impression que des tas de gens n'y sont pas à leur place. » Philippe Lemaire a été l'avocat d'une des parties civiles dans le procès de Mamadou Traoré, surnommé le « tueur de femmes à mains nues ». « Traoré se croit envoûté, pense qu'on lui vole son sang, inquiète ses codétenus, ne peut se déplacer sans la présence de cinq gardiens. Sa place n'est de toute évidence pas en prison. »

Le ministère de l'Emploi et de la Solidarité évalue à 10 % le nombre de malades mentaux en prison, chiffre qu'une commission d'enquête du Sénat sur les conditions de détention fait monter à 30 %. Elle y voit deux raisons. D'abord la modification du code pénal effectuée en 1993 : de moins en moins de malades sont exonérés de leur responsabilité pénale par la loi. Le nombre d'accusés jugés irresponsables au moment des faits est passé de 17 % au début des années 1980 à 0,17 % pour 1997.

Ensuite, une évolution de la mentalité : « De plus en plus d'experts estiment que la prison va redonner aux détenus leur sens moral. Ces gens-là ne connaissent pas la vie en prison », souligne Betty Brahmy, responsable du SMPR (service médico-psychologique régional) de

Fleury-Mérogis[1]. Mais les faits sont là : la réforme du code pénal et les nouvelles pratiques psychiatriques conduisent de plus en plus de fous vers la prison. La diminution des lits d'hospitalisation aggrave encore la situation. « Il y a chez nous une liste d'attente de cent noms, confie le docteur Gérard, directeur de l'unité pour malades difficiles de Cadillac, et de huit à dix mois d'attente. Pendant cette attente, les malades restent en prison. »

La rue recueille également des personnes dont la place serait dans des institutions psychiatriques. Qui n'a croisé de ces égarés hurlant dans le métro, noyés dans d'autres brumes que celles du simple alcoolisme ? Victimes d'une vie de misère, d'agressions répétées, de dévalorisation de soi, beaucoup de SDF présentent une angoisse permanente, une grande résignation dépressive et des troubles du comportement. Ainsi, sous l'impulsion du SAMU social, ont été créées à Paris, à Lyon, au Havre, à Lille des équipes mobiles « psychosociales » qui arpentent les rues la nuit à la recherche des errants atteints de troubles psychiatriques. 1 659 prises en charge ont été effectuées en 1999, soit 50 % de plus que l'année précédente.

1. In *Commission d'enquête de l'Assemblée nationale sur la situation dans les prisons françaises*.

III

« Un système infantilisant »

Depuis vingt ans, Philippe Clément est infirmier psychiatrique dans des établissements de la région parisienne comme Ville-Evrard ou Maison-Blanche. Sa vision de l'hôpital psychiatrique ne peut être accusée de reposer sur des séjours trop courts. Il l'a exprimée dans un livre, *La Forteresse psychiatrique*, paru chez Aubier en 2001, qui a lui aussi suscité la polémique.

Q : Avez-vous le sentiment qu'aujourd'hui la psychiatrie respecte la personne ?
R : Elle ne la maltraite plus : les coups, les traitements forcés n'ont plus lieu. Mais le sujet n'est pas respecté. Le malade mental a une étiquette d'irresponsable, donc son droit peut être bafoué. La loi de 1990, qui gère actuellement le domaine de la psychiatrie, crée un droit d'exception avec les hospitalisations sous contrainte, qui sont une privation de liberté prononcée sans contrôle judiciaire.

Q : Même en hospitalisation libre ?
R : Théoriquement, non. L'hospitalisation libre ouvre les mêmes droits qu'une hospitalisation normale. On peut donc partir quand on le veut, même contre avis

médical, c'est-à-dire si le médecin traitant pense que vous feriez mieux de rester. Mais (le cas est rare, n'exagérons pas) il est possible de transformer cette hospitalisation libre en hospitalisation à la demande d'un tiers, en demandant par exemple à une assistante sociale de faire le tiers. La loi ne précise pas (c'est une lacune stupéfiante) que le tiers ait eu l'obligation de rencontrer le malade. De même, elle définit une notion de « péril imminent », qui limite l'obligation d'avoir deux certificats médicaux pour décider l'hospitalisation à un seul ; mais cette notion de « péril imminent » est extrêmement floue. L'hospitalisation d'office (décidée par le préfet et sur avis médical) est une mesure de protection de l'ordre public, une mesure de police administrative. On n'est plus dans le domaine sanitaire : un médecin n'est pas habilité à évaluer le potentiel de dangerosité de quelqu'un. J'ai déjà vu en hospitalisation d'office, par exemple, un homme qui avait insulté des flics. Il n'est pas resté longtemps (une semaine ou deux quand même), mais n'avait aucune raison d'être là.

Q : La machination...
R : ... reste tout à fait exceptionnelle. Mais les petits abus sont, eux, relativement fréquents. De plus en plus, on reçoit des gens qui ne relèvent pas vraiment de la psychiatrie : dépression suite à des problèmes sociaux (chômage), pas mal de jeunes qui ont fait des « bêtises », jeune fille violée, pédophile... Tous ces gens ont des problèmes, mais pas de pathologie psychiatrique franche. On a l'impression que la psychiatrie doit répondre à tout. Une fois, nous avons accueilli un vieillard qui « tripotait » sa petite-fille. Il était arrivé en hospitalisation à la demande de la famille. Le psychiatre des urgences avait accepté, et il est resté trois semaines, où il a été charmant dès qu'il a compris à quoi il avait échappé par le biais de cette mesure abusive.

Q : Comment réagissent les malades dans ce cas ?

R : Soit pas trop mal, et ça va. Soit mal, mais comme leur consentement n'est plus nécessaire pour les traiter par injection... On se retrouve dans un système où toutes les protestations, légitimes quand on vous enferme contre votre gré, deviennent des symptômes de votre état. Combien de fois ai-je entendu dire : « Si on commence à se préoccuper des droits des malades, on ne fait plus rien. »

Q : Ce qui, au quotidien, veut dire ?

R : Multiplier les interdictions. Il s'installe dans tout service un système de pouvoir qui dépend du chef de service. À Ville-Evrard, il y avait dans le même hôpital et selon les services des règlements très différents : cela dépendait du chef. J'ai pu observer des attitudes absurdes : pourquoi obliger une fille timide à aller demander des tampons ou sa pilule tous les matins à un infirmier homme au lieu de lui en laisser ? Pourquoi interdire de fumer avant la douche et l'autoriser après ? Pourquoi obliger tout le monde à rester en pyjama ? Pourquoi limiter l'accès au téléphone ? Pourquoi même cette obligation de l'inventaire ? Bien sûr, la fouille est souvent nécessaire : il m'est arrivé de sortir de sacs de vraies armes. Mais tout le monde est logé à la même enseigne, même la vieille dame alzheimérienne. On oublie que toute mesure coercitive envers un patient en hospitalisation libre est illégale. Pourtant, dans des services où hospitalisations libres et sous contrainte sont mélangées, vingt-cinq personnes sont privées de sortie parce qu'une seule n'y a pas droit. La gestion de la chambre d'isolement, généralement sommaire (une porte renforcée, un matelas par terre, un broc d'eau), est souvent plus disciplinaire que thérapeutique : on y met ceux qui posent problème, alors que ce système infantilisant, où les frustrations s'accumulent, est souvent le premier à provoquer chez le patient la violence qu'ensuite on lui reproche. Les gens peuvent y rester longtemps, même si en général le séjour ne dépasse pas la semaine. Les premières vingt-quatre heures, on donne un neuroleptique sédatif, comme le Loxapac, et le patient s'endort en trois quarts d'heure.

Q : Ces chambres d'isolement ont-elles une vertu thérapeutique ?

R : De mon point de vue, non. De celui des médecins, les avis sont partagés. Certains le pensent, d'autres non. Il y a en ce moment un mouvement pour théoriser leur usage.

Q : Les commissions départementales d'hospitalisation psychiatrique devraient modérer ce genre d'abus.

R : Théoriquement, oui. En fait, elles sont un obstacle supplémentaire sur la voie du recours. Elles n'ont pas de pouvoir véritable, sont composées de psychiatres qu'on imagine mal alpaguer leurs confrères. Et puis on ne les voit jamais. Leurs visites, quand elles ont lieu, se résument souvent à venir boire un verre avec la direction et à écouter d'un air distrait les doléances de quelques malades. Aucune sanction n'est prévue si elles ne font pas les visites auxquelles elles sont obligées.

Q : Toutes les pathologies sont-elles mélangées ?

R : La plupart du temps, oui. C'est une des conséquences de la sectorisation, où il n'y a plus souvent qu'un service par secteur. Mais partager sa chambre avec un schizophrène délirant, un psychopathe menaçant ou un dément qui pisse partout et se glisse dans votre lit à la place du sien quand on relève seulement d'une grave dépression n'est pas évident. Beaucoup de dépressifs vont du coup dans le privé, où ces défauts sont moins présents.

Q : Rien ne semble prévu pour animer la vie du service.

R : Il y a bien des activités, mais elles ont rarement lieu, soit parce que l'infirmier qui doit s'en occuper n'est pas là, soit parce qu'il n'y a pas assez de personnel. Attendre que le temps passe est la principale activité des internés. La durée de plus en plus courte des séjours a eu pour conséquence de supprimer les activités de longue haleine (jardinage, petits travaux...).

Q : Vous avez l'impression de faire du gardiennage ?

R : De plus en plus. Le nombre d'infirmiers s'est réduit : là où il y en avait dix, il y a vingt ans, il n'y en a plus que cinq ou six aujourd'hui. Même ceux qui ont la meilleure volonté du monde n'ont plus vraiment le temps d'être à l'écoute, et une réelle lassitude s'installe après des années de pratique. Alors on force sur les médicaments. Là où on prescrivait 150 gouttes d'Aldol par jour il y a dix ans, on en prescrit facilement le double aujourd'hui. J'ai dû participer à des choses dont je ne suis pas fier. L'utilisation des sangles de contention, par exemple. La première fois, c'était pour un patient intolérant aux neuroleptiques. Nous l'avons attaché. Il a crié jusqu'à ce qu'il n'ait plus de voix. J'étais mal. J'en ai parlé aux autres, mais cela ne semblait pas les choquer.

Q : Qu'est-ce qui justifie ces abus ?

R : La nécessité de soins. En son nom, on peut tout faire, même quand le malade ne le veut pas.

IV

Les deux articles qui précèdent ont provoqué un abondant courrier. En voici quatre exemples, intéressants parce qu'ils remettent dans une perspective plus générale une expérience limitée dans l'espace et le temps. Du courrier reçu des malades et de celui provenant des psychiatres, j'ai extrait à chaque fois des lettres « pour » et des lettres « contre ». Je n'ai rien enlevé, ni compliments ni insultes, si ce n'est le nom de l'expéditeur lorsqu'il souhaitait rester anonyme.

Lettres de médecins

Docteur Philippe Ficheux
Psychiatre des hôpitaux
Chef de service
Service psychothérapique de l'enfant et de sa famille
« Nord Charente »
Hôpital de jour
Centre médico-psychologique pour enfants
37, rue Léonce-Guimberteau
16000 Angoulême

Cher Monsieur,

Je ne peux que vous remercier pour votre article à propos des hôpitaux psychiatriques. Ce que vous décrivez est malheureusement encore le pain quotidien d'un univers où les dérives totalitaires sont trop souvent au rendez-vous. Les dérives actuelles technocratiques, autour du PSMI, de la démarche qualité et de l'accréditation ne vont certainement pas faire avancer la machine vers plus d'humanisme.

Je milite depuis des années pour une psychiatrie alternative, mais les différentes réalisations dans ce sens sont maintenant mises à mal par le taylorisme ambiant !

Merci encore pour votre travail.

Bien cordialement.

Docteur Paul Broussoule
Psychiatre honoraire des hôpitaux
Expert près de la cour d'appel de Lyon

Monsieur,

Je viens de tomber sur deux articles qui m'ont rempli d'aise et de tristesse, parus dans votre n° 1902, « Voyage à l'intérieur de l'asile psychiatrique » (un reportage) et « Un système infantilisant, interview d'un infirmier psychiatrique », auteur de l'ouvrage *La Forteresse psychiatrique*.

Retraité depuis une dizaine d'années, je me suis battu, tout au long de ma carrière (débutée en 1950) avec mes aînés pour « humaniser » l'hôpital psychiatrique, l'ouvrir sur l'extérieur et mettre en place une psychiatrie de secteur au service des malchanceux pour éviter les abus de l'hospitalisation.

J'ai vu, peu avant de partir, s'appesantir le poids administratif et se pervertir le programme que nous avions mis en route... avec une parure technologique qui couvrait en réalité une remise au pas économique.

Les professions psychiatriques seront toujours ambivalentes face aux exigences contradictoires des individus et de la société.

Les « révolutions » (nous en étions fiers !) sont toujours à recommencer. « Le malade mental en tant que rejeté... » Le risque est permanent.

Les échos que j'ai de mon ancien « lieu de travail »
correspondent bien à ce que j'ai lu dans vos pages.

Il faut que de nombreuses voix s'élèvent.

Croyez, je vous prie, à l'expression de mes sentiments
les meilleurs.

Docteur Nathalie Gisbert
Psychiatre
Ancien praticien hospitalier
Paris

Monsieur Prolongeau,

« Ils ont les mains propres, mais ils n'ont pas de mains. »

Vous vous souciez beaucoup du sort des exclus et je vous en remercie. Mais deux raisons m'ont poussée à réagir à votre article « Dans la peau d'un fou » (?), *Nouvel Obs* n°s 1902 et 1903.

Tout d'abord le sensationnalisme croissant de ce journal, plus propre à une autre presse, friande de reportages invérifiables, non localisés, non datés (photos à l'esthétisme douteux en la matière – *Birdy ?*).

L'autre raison, plus profonde, est que, psychiatre, ancien assistant, ancien praticien hospitalier (en psy), je ne peux que m'emporter face à certaines de vos affirmations lourdes de conséquences quant à la loi, par exemple, ou insinuations jésuitiques quant à un racisme supposé des psys. Je cite : « *Beaucoup sont immigrés... ou fils d'immigrés.* » Or un secteur reflète exactement la population de son arrondissement : vous n'avez pas choisi un secteur assez chic.

Pourquoi croyez-vous que les responsables des services refusent ce genre d'expériences ? Pour ne pas cautionner ce que, précisément, vous avez fait : une visite au zoo. Vous êtes-vous bien amusé, effrayé ? Enfin, vous en êtes sorti...

Ma colère tient à ce que s'il existe des problèmes nombreux en psychiatrie (publique ou pas), ils sont de fond, et que vous ne les évoquez pas sauf en quelques lignes à la fin où vous nous laissez parler. Je pense, j'espère ne pas être la seule à vous écrire. Nous n'avons plus d'ailleurs que ce temps-là, agir, réagir, dans l'urgence, gérer la crise sans penser l'avenir.

Au passage, les infirmiers seront heureux d'apprendre qu'ils ne sont que des pantins, je cite, « *qui ne font qu'appliquer les consignes* ». Mais, dans la même page, vous évoquez l'ouvrage de l'un d'eux qui l'a sûrement écrit de son propre chef. Lorsque vous parlez d'eux sur ce ton, savez-vous que la formation spécifique des infirmiers psychiatriques a été supprimée ? Qu'il n'y a plus un seul infirmier récemment formé qui soit spécialisé pour prendre en charge les malades mentaux ? Les anciens font ce qu'ils peuvent. Des activités qu'ils tiennent à bout de bras, avec peu de moyens, et dont les résultats sont surprenants voire thérapeutiques. Je vous invite vivement à consulter le site serpsy.org.

Savez-vous que l'internat en psychiatrie a été supprimé voilà plus de dix ans et que nous ne suffisons plus à la demande, que 700 postes de praticiens hospitaliers restent non pourvus ? Certains secteurs de province (70 000 à 100 000 habitants) fonctionnent avec un seul médecin à temps plein.

Le fabuleux outil qu'a été la psychiatrie publique dans les années 1970-1980 a été bradé depuis plusieurs années, mettant en péril des acquis parfois géniaux (Tony Lainé, par exemple, dans le 91).

Le budget Psy-IDF est bloqué pour quatre ans encore, etc., etc.

Bien sûr, au-delà de vous, j'adresse cette bouteille à la mer à nos tutelles et si vous avez un moyen de les alerter, n'hésitez pas. La timide réforme actuelle (numerus clausus) ne portera ses fruits que dans les années 2010.

En attendant, quel service pouvons-nous offrir ? Sur qui pouvons-nous compter ?

Votre article va dans le sens courant, celui du poil, et renforcera plus encore les craintes de ceux qui ont besoin de soins. La deuxième partie culmine dans la démagogie. En vingt ans, je n'ai jamais rencontré un internement abusif. Ai-je eu de la chance ? Nous parlons plutôt entre nous d'« externement abusif », pour une raison simple : nous n'avons plus assez de lits. Certes, tout a été fait pour sortir des murs de l'asile, se rapprocher des patients, intervenir au plus tôt. En contrepartie ont été supprimés les lits de l'asile, au sens noble, puis ceux des centres de crise ont été diminués. Les initiatives sont gelées. Je ne suis pas partisane de l'hospitalisation intra-muros, grâce à ceux qui m'ont formée. Mais sept jours pour se remettre d'une bouffée délirante, c'est peu.

Vous dites sans explication que le nombre des hospitalisations à la demande d'un tiers a augmenté. C'est vrai. Pourquoi ? Par un effet pervers de la loi de 1990 ? Non. Toujours par manque de places. Parce que, comme le dit heureusement Xavier Emmanuelli, c'est le seul moyen d'hospitaliser un patient quand sa souffrance – ou sa violence – demande qu'on le protège.

Exemple 1 : un patient délirant, dangereux en raison de ses convictions délirantes, a dû se présenter trois fois au CPOA pour être enfin admis, muni d'un certificat d'hospitalisation à la demande d'un tiers rédigé avec son accord.

Exemple 2 : même hospitalisé, même suicidaire (mélancolique), on peut sortir au bout de trois jours faute de place (ou victime de préjugés...) et se faire hara-kiri devant l'hôpital. Je dédie ma colère à ce patient-là, fils d'immigré.

D'ailleurs, si nous n'hospitalisons pas lorsqu'il le faut, haro ! Ne dénoncez-vous pas vous-même la croissance dangereuse de la pathologie mentale en prison ?

Vous déplorez la promiscuité, le mélange des malades. C'est vrai, la folie n'est pas propre sur elle, elle a les doigts jaunes de tabac, la violence imprévisible, elle dérange, elle déstabilise. Mais qu'avez-vous vu de la folie ? Nous, au moins, savons cela que nous ne savons pas ce que vit un psychotique. Pourquoi évitez-vous le mot, au fait ? Nous ne sommes pas dans sa peau, avec ses frayeurs, son temps à lui, parfois très lent. Elle a la peau dure, la chronicité. La peau, même, qu'est-ce pour un schizophrène ? Seuls les écrits (Artaud entre autres) vous en donneraient une idée.

Votre position est cruelle : vous voudriez, comme tant de ceux que leur propre part d'obscurité effraie, ne plus voir cette folie-là, la ranger, ne pas être confondu avec s'il vous venait un coup de blues, l'enfermer, la reléguer un peu plus. Recréer les pavillons d'incurables d'autrefois, ce qu'avant 1968 nous appelions la « défectologie », pendant que les déprimés et les malades « pour rire » seraient à l'aise ? Monsieur Prolongeau, promettez-moi d'aller visiter aussi le privé, allez voir comment l'on peut laisser végéter des mois un « indésirable » sous camisole chimique, comment il n'est pas besoin de placement pour cela. Et comment la pénurie actuelle enrichit ce secteur. J'oubliais : ne manquez pas non plus de visiter l'« infirmerie de la préfecture de police de Paris » (Sainte-Anne) où a dû transiter le malade dont vous parlez *« hospitalisé par un psychologue (?) en hospitalisation d'office (??) »* et voyez si l'on peut être interné sans voir de psychiatre. Vous avez trouvé un cas ? Doit-il remettre en cause tout le travail fait chaque jour et dans quelles conditions ? Qui se risquerait à des injustices pareilles avec des journalistes vigilants comme vous ?

Je rejoins votre indignation face aux chambres d'isolement : beaucoup réfléchissent à une alternative (voir Serpsy, *again*). Que proposez-vous, hormis l'injection, quand la parole n'est plus opérante ?

Vous vous demandez si les fous sont à leur place, mais vous ?

À moins que vous n'ayez voulu déclencher une polémique, nous faire témoigner, protester et, dans ce cas, il faudra vous en savoir gré.

Pour finir, je note, c'est drôle, que la même livraison hebdomadaire comporte un supplément intitulé « Vite, un psy ! ».

Le *Nouvel Obs*, schizophrène ?

Partant, je m'en vais me désabonner et adresse copie de mon trop long courroux au courrier des lecteurs.

Bien professionnellement vôtre.

Lettres de patients

Ces deux lettres de malades sont anonymes : la première car son auteur (agrégée de philosophie) l'a souhaité ainsi, la seconde car son expéditeur n'a pas répondu à ma demande d'autorisation de la publier.

Réponse à l'article d'Hubert Prolongeau, « Dans la peau d'un fou », *Nouvel Obs.*, n° 1902.

J'ai connu pendant cinq semaines l'internement en hôpital psychiatrique. J'étais en HDT à la suite d'une TS. Traduction pour les béotiens qui ignorent le sens de ces sigles et les délices inouïes du « séjour volontaire » en de tels lieux : « hospitalisation à la demande d'un tiers » (donc contrainte et forcée) à la suite d'une « tentative de suicide ». H. Prolongeau dépeint avec une sobriété poignante, sans misérabilisme, sans pathos ce qu'est ce type d'enfermement. Tout était comme il le dit, à quelques détails près. Par exemple, il était impossible de fermer la porte de ma cellule, pardon, de ma chambre ; *single* (une aubaine), avec lavabo et fenêtre (munie de barreaux évidemment) sur cour ; et, chaque fois que je devais la quitter, à l'heure des repas, pour téléphoner dans le couloir, pour aller aux toilettes, je redoutais les vols, le saccage, la fouille dans le meilleur des cas. Les toilettes : malgré le ballet – et le balai – incessant des femmes de service, ces lieux étaient repoussants : odeur nauséabonde, traces d'excréments et de déjections diverses... De plus, dans mon « cas », le « traitement » était particulier : au moment de la distribution des médicaments, je n'étais pas autorisée à m'approcher de la Sainte Table ; sevrage total ; comme je souffre de migraines atroces, d'insomnies et de crises d'angoisse, on imagine les effets de l'état de manque ajoutés à la douleur. Les raisons de cette frustration ? Asclépios seul les connaît... avec un peu de chance. Il y a aussi, indépendamment du fonctionnement de l'hôpital, l'éloignement, le silence de la famille, des « amis ». Pour moi, un seul ami, le vrai, a répondu quotidiennement à l'appel. Grâces lui en soient rendues ! Les autres ont eu peur. Peut-être ont-ils goûté l'humaine, trop humaine douceur du « *Suave mari magno...* ». En tout cas, ils ont préféré rester sur la terre ferme.

Pour la première fois de ma vie, j'écris en demandant à rester anonyme. Nullement par honte ou par pudeur. Simplement la « tierce personne » qui m'a fait enfermer, je l'aime encore... Diantre ! Si le masochisme mental est considéré comme récidive, je suis perdue ! Toujours est-il que ma « bonne conscience » chatouilleuse refuse de s'imaginer en proie à l'esprit de vengeance ou au ressentiment. Rien de bien flatteur, donc ! Pourtant, pour les mêmes mauvaises raisons que je tiens à la « discrétion », j'ai renoncé à essayer de publier les notes que j'ai prises pendant mon séjour. Il est vrai que j'hésitais entre plusieurs titres : *Le Journal d'un fou*, *Le Château*, *Une saison en enfer*, *La Nef des fous*, *Contes de la folie ordinaire*, *L'Espace du dedans*, *Le Normal et le Pathologique*, *Vol au-dessus d'un nid de coucou*, *Les gens normaux n'ont rien d'exceptionnel*, et la liste n'est pas exhaustive... Que dites-vous ? Ils sont déjà pris ? Ah bon ! Je n'avais pas remarqué ; mais dans mon état de confusion mentale, il faut s'attendre aux pires errances !

Une chose encore : je n'en veux ni au médecin ni à l'ensemble du personnel soignant. Ils auraient pu faire leur travail encore plus mal. C'est le système qui dysfonctionne. Que reprocher à ceux qui l'appliquent avec les moyens du bord, alors que ce sont ces moyens qu'il faut réformer ? De plus, M. Prolongeau l'a constaté, la nourriture est abondante et correcte ; j'ajoute que l'hiver les locaux sont bien chauffés. Bref, je n'ai eu ni faim ni froid et je n'ai jamais été brutalisée ; il y a bien eu quelques dérapages verbaux, mais même pas d'insultes. Disons des maladresses ou des occasions de se taire perdues... Non, ne me faites pas dire ce que je n'ai pas dit. Ce n'était pas la prison, ni le stalag, encore moins le camp de concentration... Je n'irai cependant pas jusqu'à dire que j'ai même rencontré des malades heureux.

J'oubliais : il ne faut pas dire « fous » ni même « malades » d'ailleurs, et surtout pas « asile ». Voyons, monsieur Prolongeau ! Faire fi des euphémismes est manquer aux bonnes manières ! La tartuferie est de rigueur de nos jours !

Très fidèlement et très cordialement.

Monsieur le directeur,

En tant qu'abonné de votre périodique, je suis scandalisé par le reportage sur les centres hospitaliers spécialisés et la façon dont votre chroniqueur s'est introduit dans l'un d'eux pour y passer quelques jours.

J'ai lu *Août 14* et la suite, à mon avis votre « fouilleur » n'obtiendra pas le prix Albert-Londres pour son œuvre, lorsqu'on foule aux pieds de cette façon l'éthique, le secret médical, que l'on le proclame haut et fort sur la chaîne de radio France Culture, on peut se comparer aux harceleurs des prétendues « étoiles ».

J'ai hésité entre intenter un procès à votre périodique pour demander un franc symbolique de réparation en mon nom et au nom de mes amis.

L'autre solution étant de vous demander de mettre purement et simplement un terme à mon abonnement car au bilan seuls quelques paragraphes, photos et leurs légendes retiennent mon attention de façon hebdomadaire.

De la même manière que l'on ne peut parler d'un domaine sans une profonde connaissance, votre collaborateur m'a permis de me remettre en mémoire la jolie phrase de M. Pierre Danos, demi de mêlée de l'AS biterroise et de l'équipe de France : « Le rugby, c'est comme le piano, il y a ceux qui en jouent et ceux qui les déménagent. »

À mon sens, il a oublié de dire que les bavards sont dans les tribunes.

Votre chroniqueur n'est qu'un bavard bien dangereux, à moins que cela ne cache une phénoménale préparation d'artillerie, et je sais de quoi je parle...

Recevez, Monsieur le directeur, l'expression de mes salutations particulièrement distinguées.

X, patient intermittent au CHS de Y.

J'ai choisi d'attendre et de rester vigilant, comme le guetteur mélancolique...

P.-S. : Il va sans dire que si ce message devait être publié, il devrait l'être intégralement.

V

Il y a 75 ans...

En 1925, Albert Londres, de retour du bagne, partait faire une tournée des asiles et en rapportait des reportages qu'il regroupait ensuite sous le titre *Chez les fous*.

Sa vision, bien que militante et datant d'une autre époque, reste passionnante. Bien sûr, la loi de 1990 est venue relayer celle de 1838. Bien sûr, la violence n'est plus employée. Encore que... un infirmier, M. Audinot, a été condamné à dix-huit mois de prison à Épinal le 22 mai 2001 pour des violences – coups de poing, de pied, gifles – commises sur des patients de l'hôpital psychiatrique de Ravenel. Les psychiatres de l'établissement (étaient-ils au courant, approuvaient-ils ?) n'ont même pas été entendus, et beaucoup de collègues infirmiers de M. Audinot l'ont soutenu. Enfin, bon nombre d'expériences alternatives à l'asile ont été tentées.

Pourtant, à relire Londres aujourd'hui, on n'a pas l'impression de plonger dans une préhistoire de la maladie mentale. La logique qu'il décrit (en gros, débarrassons-nous des fous plutôt que de les débarrasser de leur folie) est, par moments, celle que j'ai cru percevoir pendant ma courte expérience. Voici, amputée d'un passage obsolète sur une expérience tentée alors dans un service parisien, la conclusion de son recueil, intitulée *Réflexions*. Le reflet que renvoie ce texte peut sembler piqué par l'âge : il n'est cependant pas devenu aussi flou qu'on aurait pu le souhaiter.

« La façon dont notre société traite les citoyens dits aliénés date de l'âge des diligences.

Regarder vivre nos fous n'est pas plus ahurissant que ne le serait de nos jours le départ de deux voyageurs en poste pour Rome.

La loi de 38 n'a pas pour base l'idée de soigner et de guérir des hommes atteints d'une maladie mentale, mais la crainte que ces hommes inspirent à la société.

C'est une loi de débarras.

Ce monsieur est-il encore digne de demeurer parmi les vivants ou doit-il être rejeté chez les morts ?

Dans une portée de petits chats, on choisit le plus joli et on noie les autres...

Les Spartiates saisissaient les enfants mal faits et les précipitaient du haut des rochers.

C'est quelque chose de ce genre que nous faisons avec nos fous.

Peut-être même est-ce un peu plus raffiné. On leur ôte la vie sans leur donner la mort.

On devrait les aider à sortir de leur malheur, on les punit d'y être tombés. Cela sans méchanceté, mais par commodité.

Les fous sont livrés à eux-mêmes.

On les garde, on ne les soigne pas.

Quand ils guérissent, c'est que le hasard les a pris en amitié.

La médecine mentale n'a pas de frontière fixe.

On enferme ceux qui gênent leur entourage. Si l'entourage est conciliant, de plus fous meurent en liberté.

Un médecin n'a qu'une conscience, en revanche on lui donne cinq cents malades.

Les bouviers mènent bien jusqu'à cent bœufs.

La folie est semblable à ces chapeaux de prestidigitateurs, qui ont l'air d'être vides et d'où l'artiste extrait sans effort cent mètres de ruban, une valise, un bocal de poissons rouges, deux poules de Houdan et la tour Eiffel, grandeur nature.

À quel moment un aliéné cesse-t-il d'être un aliéné ? Là, nous entrons dans un brouillard de poix. Deux psychiatres se disputant un malade prouveront, chacun avec évidence, l'un que le malade est sain, l'autre que le malade est fou. C'est un pic de la science encore mal exploré. Comme le sommet de l'Himalaya, on sait qu'il existe, personne n'y est encore allé.

Des internements qui, au début, sont légitimes, cessent de l'être par suite de l'évolution de la maladie.

Comment savoir qu'un fou n'est plus fou puisqu'on ne le soigne pas ?

Dans un asile, un malchanceux est resté quatorze années en cellule ! Oubli ? entêtement ? erreur ? Le docteur qui l'en a fait sortir ne le sait pas. L'homme demande justice. Il est toujours enfermé, mais libre, dans le jardin. Je lui ai expliqué que ce qu'on lui avait fait était légal.

Les fous mangent une nourriture de baquets.

Les trois quarts des asiles sont préhistoriques, les infirmiers sont d'une rusticité alarmante, le passage à tabac est quotidien.

Les asiles ont des crédits d'avant-guerre. On ne va tout de même pas faire de frais pour des loufoques. Seuls les asiles de Paris (Seine et Seine-et-Oise) ont de quoi aller au marché.

Les autres touchent 9 F, 7 F, 4,65 F par tête de fou.

Camisoles, ceintures de force, cordes coûtant moins cher que des baignoires, on ligote au lieu de baigner.

Lorsque la guérison s'affirme, on laisse le convalescent avec les fous. C'est à peu près sauver un noyé de l'asphyxie, mais le maintenir le corps dans l'eau jusqu'à ce qu'il soit complètement sec !

Le régime des asiles est condamné.

Un fou ne doit pas être brimé mais soigné. De plus, l'asile doit être l'étape dernière. Aujourd'hui, c'est l'étape première.

Il ne faut interner que les incurables.

Les autres relèvent de l'hôpital.

Sur quatre-vingt mille internés, cinquante mille personnes pourraient être libres sans danger pour eux ni pour la société.

On les a mis là parce qu'il n'y avait pas d'autre endroit et que c'était l'habitude.

On n'a pas cherché à les guérir mais à les boucler.

L'heure est peut-être venue de nous montrer moins primitifs...

... Jusqu'en 1923, les maladies mentales n'étaient pas considérées dignes de faire partie des études médicales.

L'étudiant en médecine passait sa thèse sans avoir suivi un seul cours sur les maladies mentales. C'était facultatif.

Il n'existait donc que les spécialistes. En province, les spécialistes sont dans les asiles. Amener un psychopathe à l'hôpital eût été aussi peu indiqué que d'y conduire une vache atteinte de fièvre aphteuse. Allez voir le vétérinaire, se fût écrié le médecin. On porte le malade à l'asile. La trappe se referme.

La loi de 1838, en déclarant le psychiatre infaillible et tout-puissant, permet les internements arbitraires et en facilite les tentatives.

Un parent obtient d'un médecin – par ignorance du médecin ou complicité – un certificat d'internement. On conduit la victime à l'asile. Le docteur de l'asile s'aperçoit le lendemain de la combinaison. Il relâche le faux malade. Coffre-t-on le parent et son complice ? Pas du tout ! Ils ont la loi avec eux.

Sous la loi de 1838, on voit la chose suivante : des médecins d'asile proposent la sortie d'un malade. C'est donc que le malade n'est plus fou. On doit le libérer. Or, le malade ne sortira pas. Qui s'y oppose ? La préfecture.

Sous la loi de 1838, les deux tiers d'internés ne sont pas de véritables aliénés. D'êtres inoffensifs, on fait des prisonniers à la peine illimitée.

Bref ! Nous vivons sous le préjugé que les maladies mentales sont incurables.

Alors on jette dans un précipice les gens qui en sont atteints.

On ne fait rien pour les sortir du puits.

S'ils guérissent seuls et que cela se voit trop, on les laisse s'échapper après mille efforts de leur part.

S'ils gesticulent, on ne les calme pas, on les immobilise.

Pour se mettre en règle avec sa conscience, la société de 1838 a bâti une loi. Elle tient en ces mots : "Ce citoyen nous gêne, enfermons-le. S'il veut sortir, ouvrons l'œil."

Notre devoir n'est pas de nous débarrasser du fou, mais de débarrasser le fou de sa folie.

Si nous commencions ? »

Remerciements

En premier lieu, car ce livre n'aurait pas existé sans leur impulsion, merci à Agathe Logeart et Gilles Anquetil qui ont eu l'idée de cette enquête et m'ont fait suffisamment confiance pour m'en charger. Merci à Gérard Gozlan, Philippe Clément, Philippe Bernardet, André Bitton, Christian Minvielle, Maurice Henry, Philippe Lemaire, Stefania Parigi, Xavier Emmanuelli, Denis Jacquin, Jean-Marie Abgrall, Martine Dutoit, Jean Flory, Claude Finkelstein, Hervé Gérard, Claude Baudoin, Denis Buican pour le temps qu'ils m'ont consacré. Merci (grand merci) également aux deux psychiatres, qui désireront sans doute rester anonymes, avec qui j'ai « répété » mes symptômes, et à Nicolas Jallot qui s'est souvenu de la bonne adresse au bon moment. Enfin merci aux lecteurs du *Nouvel Observateur* qui, contents ou non de mes écrits, m'ont autorisé à reproduire les leurs.

Table des matières

CATALOGUE LIBRIO

DOCUMENTS ET ACTUALITÉS

LITTÉRATURE CONTEMPORAINE

Librio

510

Composition PCA - 44400 REZÉ
Achevé d'imprimer en Europe
à Pössneck (Thuringe, Allemagne)
en janvier 2002 pour le compte de E.J.L.
84, rue de Grenelle, 75007 Paris
Dépôt légal janvier 2002

Diffusion France et étranger : Flammarion